KB039581

달려라
돌콩

달려라 돌콩

홍종의 장편소설

|주|자음과모음

차례

무면허 다마스 운전자

정대의 머리통을 향해 플라스틱 화분을 날렸다. 명중이다. 제라늄이 실뿌리를 풀어 헤치며 교실 바닥에 널브러졌다. 그런데도 정대는 끄떡없었다. 패거리 두 놈이 놀라서 벽에 달라붙었다. 정대의 눈길이 나와 그런 두 놈을 사선으로 그었다.

"병신 새끼들!"

정대가 마른 문어 다리를 씹듯이 말을 씹어뱉었다. 소름이 쪽 끼쳤다. 후다닥 교실을 뛰쳐나갔다. 놈들에게 얻어맞은 머리통이 겉과 속이 분리된 듯 덜컥거렸다. 키 159센티미터 몸무게 46킬로그램, 놈들의 표적은 만만했다. 놈들은 먹잇감을 놓고 희롱하는 고양잇과 야생동물이었다. 나 혼자만 짤막한 다리를 스쿠터의 바퀴처럼 열나게 굴리고 있었다. 그런 모습을 뒤에서 본다면 얼마나 우스울까.

"푸흐훗, 푸흐훗!"

실제 놈들은 허파를 비틀어 짜듯 그렇게 비웃었다. 특히 두 놈들의 웃음소리가 필요 이상으로 컸다. 정대에게 들켜버린 약한 모습을 만회하고 싶은 것이겠지. 죽고 싶도록 창피하다는 것이 이런 때일 거다. 이미 나의 심장은 고물 스쿠터의 엔진 소리를 내고 있었다. 잘해 봐야 2, 3기통, 심장을 펌프질하는 실린더들이 툭툭 불거지며 가슴팍을 치받았다. 그러니 정작 찢어지게 아픈 것은 심장이 아니라 그런 심장에 얻어맞은 가슴팍이었다.

"오늘 아주 끝장을 내자. 새끼가 제 발로 무덤을 찾아가는 거지."

끝장을 내 보자고? 웃기고 있다. 그 결심을 먼저 한 것은 나다. 그것도 아주 오래전에. 그러나 이런 비굴한 모습을 보이리라고는 상상하지 못했다.

도망치기를 포기하고 휙 돌아서고 싶은데……. 360도 중에 기껏 90도쯤 몸을 틀다가 중심을 잃고 볼품없이 쓰러지겠지. 더 우스운 꼴이 될 것이 뻔했다. 그렇다면 죽을힘 다해 달릴 수밖에.

"어어, 저 새끼 미친 것 아냐?"

느릿느릿 쫓아오던 놈들이 소리쳤다. 통증도 경계를 넘으면 무감각해지나 보다. 모든 것이 한순간에 몸에서 빠져나갔다. 놈들이 기를 쓰고 쫓아왔다.

"새끼들아! 저쪽으로 돌아가서 막으란 말야."

정대가 다급하게 소리쳤다. 놈들은 나의 도주로를 환하게 꿰뚫고 있었다. 차도로 뛰어들지 않고 포위망을 뚫기는 힘들 것이다. 힐끔 돌아보니 두 놈이 정대의 지시에 따라 이쪽저쪽으로 뛰었다.

'안 되면 뛰어들 수밖에…….'

나의 생각과 결심이 비장해졌다. 놈들에게 잡히느니 차라리 보란 듯이 장렬하게 로드 킬을 당할 것이다.

학교 앞 도로는 제한속도 30킬로의 스쿨존이다. 그러나 수업 시간에 그것을 지킬 운전자는 아무도 없었다. 얼굴을 때리는 바람의 세기로 보아 자동차들은 80킬로 이상의 속력을 내고 있었다. 그러나 포기할 수 없었다. 그다음 자동차를 따라 달리고 또 그다음 자동차를 따라 달렸다. 벌써 지름길로 질러가 앞을 점거한 놈이 손을 번쩍 들어 올렸다. 그것을 신호로 하여 다른 놈과 나의 중간쯤에서 또 한 놈이 뛰어나왔다. 그놈도 자랑스럽게 손을 번쩍 들어 올렸다.

"푸흐흐, 병신 새끼!"

사정없이 씹어대는 정대의 비웃음 소리가 가깝게 들렸다. 정대도 손을 번쩍 들어 올려 답을 했을 것이다. 그것은 흡사 놈들이 던지는 투망 같았다. 마침내 나는 비장의 카드를 빼들었다. 놈들의 그물에서 빠져나가려면 그 방법밖에 없었다.

"빠앙!"

자동차들이 경적을 울리며 획획 지나쳤다. 1차선이 비워졌다

싶으면 2차선에서 달려오고 2차선이 비워지면 1차선에서 달려왔다. 다행히 바로 앞, 비상등을 켜고 멈춘 구형 다마스 때문에 자동차들이 마지막 차선을 양보해주었다. 다마스 운전자가 상자를 들고 분식집으로 들어가고 있었다. 다마스는 시동이 걸린 채였다. 빨대처럼 연약한 다마스의 배기통에서 시커먼 매연이 폭폭 쏟아졌다. 이제 더 이상 주저할 새가 없었다. 나는 2차선 쪽으로 슬슬 파고들었다.

"빠앙!"

1차선을 달려오던 자동차가 경적을 울리며 헤드라이트를 번쩍거렸다. 대낮인데도 불빛이 강렬했다. 2차선을 달려오던 자동차도 3차선 쪽으로 몸을 바짝 붙이며 위협을 가했다. 깜짝 놀라 뒤로 물러섰다. 그 바람에 정차되어 있는 다마스의 운전석 옆구리가 등에 착 붙었다. 앞에서 기다리던 두 놈이 달려왔다. 이제 도로를 횡단하기는 틀렸다.

재빨리 다마스에 올라타 문을 잠갔다. 브레이크 페달을 밟고 변속기를 드라이브로 옮겼다. 가속페달을 밟자 폭발할 것처럼 다마스의 엔진이 요동을 쳤다. 다마스가 앞으로 미끄러졌다. 그런 일련의 동작들은 내가 생각해도 번개같이 빨랐다. 젠장! 택시기사였던 아버지의 덕을 이런 식으로 볼 줄 몰랐다.

정대의 시뻘건 얼굴이 운전석 옆 유리창에 잠깐 붙었다 떨어졌다. 정대는 안간힘을 다해 쫓아오며 마지막으로 유리창을 때렸다.

그 섬뜩한 주먹질도 시원하게 뿌리쳤다.

"자, 가자!"

'드디어 끝났다'라는 생각이 들었다. 두 눈에서 눈물이 솟더니 시야가 뿌옇게 흐려졌다. 눈물 한 줄기가 볼을 타고 내려와 찢기고 부어오른 입술에 맺혔다. 쓰리고 쓰렸다. 눈물을 닦으려고 손을 들어 올리다 운전대 옆의 레버를 건드렸나 보다. 와이퍼가 빠르게 움직이면서 비명을 지르더니 고무 패킹이 홀렁 뒤집혔다. 와이퍼의 쇳조각이 마른 유리창을 득득 긁어댔다. 오른발에 힘을 주어 가속페달을 힘껏 밟았다. 다마스는 탄력이 붙어 거침없이 달렸다.

놈들을 뿌리치고 족히 4킬로미터는 달렸다. 가급적 신호는 지켜야 되겠다고 생각한 것은 첫 번째 신호등을 지나면서였다. 재수 없이 신호 위반으로 교통경찰에게 걸리기라도 한다면 모든 것이 거기서 끝장이었다.

"빠앙!"

난데없이 경적이 울렸다. 두리번거리다 옆 차선의 운전자와 눈이 마주쳤다. 운전자가 손짓을 했다. 그때 마침 신호가 바뀌었다. 브레이크 페달에서 발을 떼어 가속페달을 밟는데 이번에는 뒤의 승용차가 헤드라이트를 번쩍거렸다. 승용차가 날렵하게 차선을 바꿔 옆에 바짝 붙었다.

"야, 다마스. 비상등 꺼!"

승용차 운전자가 소리를 버럭 질렀다. 졸지에 내 이름이 다마스가 되었다. 얼른 삼각형 모양의 버튼을 눌러 비상등을 켰다. 그리고 운전대에 붙은 레버를 당겨 와이퍼를 멈췄다. 몸이 땀에 흥건하게 젖었다.

엉덩이를 당겨 의자 끝에 걸쳤다. 그것은 습관과도 같은 것이었다. 아버지의 택시를 타고 놀 적에 항상 그랬으니까. 그런데 이상하게 무릎이 운전대 밑에 꼭 끼었다. 너무 불편해 엉덩이를 뒤로 밀자 그때서야 자세가 편안해졌다.

나른한 안락함이 느껴졌다. 문득 다마스의 운전자가 궁금해졌다. 틀림없이 다마스는 키 159센티미터 46킬로그램인 사람의 체형을 고려해 맞춤형으로 만들어진 차였다. 내게 딱 맞는 차였다.

"시동을 걸어놓은 것이 잘못이지."

모든 잘못을 다마스 운전자에게 돌렸다. 계란을 공급받지 못해 영업에 지장이 있을 음식점 걱정은 사양한다. 다행스러운 것은 학교 근처 분식점은 다마스 운전자로부터 마지막으로 계란을 공급받아 떡볶이나 김밥을 만들 수 있다는 것이다. 분식점 주인아줌마는 친절하니까.

"많이 먹어. 먹어야 키 큰다."

분식점 아줌마는 내 작은 키를 떡볶이 떡 몇 개로 키워주려고 했다. 비록 작은 성의지만 내 키를 위해 진심으로 보탬을 주고자 한 유일한 타인이었다. 내 키를 걱정한 사람이 또 한 사람이 있었다. 나와 26세 나이 차가 나는 형이다. 형과 나는 아버지가 다르다. 시쳇말로 씨가 다른 형제였다.

형이 결혼을 하자마자 엄마가 재혼을 했고 그래서 낳은 것이 나였다. 그때 엄마의 나이가 47세였다. 64세 늙은 엄마를 볼 때마다 그 용감함에 말을 잃는다. 그리고 돌아가신 아버지는……. 참 복잡한 가계도다. 그러나 가장 복잡한 것은 따로 있었다. 바로 도민이다. 도민이는 형의 아들로 나보다 두 살 많지만 족보상으로 엄연한 조카다. 그놈도 나를 철저하게 무시한다. 도민이는 일찌감치 축구 선수가 되어 대학의 스카우트가 확정된 상태였다. 얼마 전에 일본으로 전지훈련을 떠났다. 도민이의 얼굴이 떠오르는 순간 이미 나의 목적지는 정해졌다. 시내 외곽에서 한우를 키우는 형의 목장이었다.

시내를 벗어나자 중앙 분리대가 없어지고 편도 3차선이 1차선으로 확 줄어들었다. 마주 오는 자동차가 부딪칠 듯 위태롭게 지나쳤다. 시내버스가 지나가자 다마스가 기우뚱거렸다. 등받이에서 등을 떼고 꼿꼿하게 몸을 세웠다. 초보 운전에 대한 긴장감과 두려움이 그때서야 덮쳐왔다. 어느새 덤프트럭이 따라붙어 뒤 비추기 거울을 꽉 채웠다. 공포의 분위기였다. 덤프트럭은 덩치가 어찌나 큰지 여간해서 머리를 보여주지 않았다. 입안에 침이 마르더니 목구멍이 칼칼해졌다. 운전대를 잡은 손에 땀이 미끈거렸다.

가속페달을 깊게 밟았지만 엔진 소리만 커졌다. 젠장! 덤프트력 운전자가 뒤에서 보면 얼마나 웃길까? 놈들에게 보였던 수치스런 뒷모습이다. 고맙게도 덤프트럭이 중앙선을 넘으며 매끄럽게 추월해갔다. 참 점잖은 운전자였다.

얼마쯤 쫓아갔을까 신호봉을 든 교통경찰이 눈에 들어왔다. 음주 단속이라는 표지가 길옆에 세워져 있었다. 가슴에서 쿵! 소리가 나며 눈앞이 캄캄해졌다. 위기였다.

'침착하자, 침착하자.'

주문을 외듯 중얼거렸다. 덤프트럭이 멈추고 운전자가 차에서 내렸다. 교통경찰이 음주 측정기를 들이대고 있었다. 빈 차선을 가로막고 실랑이를 벌이는 탓에 여기저기에서 경적이 울렸다. 음주운전과 난폭운전이라는 등식이 어긋나는 현장이었다. 정찰을 하던 교통경찰이 그쪽으로 뛰어가더니 수신호를 보내며 교통정리를 했다.

조수석에 놓인 다마스 운전자의 스포츠 모자를 꾹 눌러썼다. 그리고 교복의 단추를 풀러 팔 한쪽을 빼내 등 뒤로 구겨넣었다. 교통경찰은 마주 오는 차를 먼저 정리하고 이번에는 나를 향해 수신호를 보냈다.

다리가 덜덜 떨려 가속페달에서 발이 자꾸 미끄러졌다. 교통경찰이 호각까지 불어대며 신호봉을 신경질적으로 흔들었다. 알짱거리지 말고 빨리 지나가라는 뜻이다. 나는 숨을 멈추고 교통경찰을 여유롭게 비껴갔다.

금주를 만난 것은 형의 목장으로 들어가는 비포장도로에서였다. 금주는 내가 아는 여자 중에 엄마 다음으로 대책 없이 용감한 여자다. 금주가 손을 흔들며 길을 막았다.

"오공일, 너였어?"

　금주의 눈이 왕방울만 해졌다. 영락없는 소의 눈이다. 그 눈 속에 다마스와 함께 통째로 빨려 들어가는 느낌이었다. 금주는 나와 나이가 같았고 농고 축산과에 다녔다. 형과 어떻게 연결이 된지 몰라도 가끔 목장에 가면 소 무리에 섞여 있었다. 금주는 여자지만 뼈대가 굵은 황소처럼 보였다.

"아저씨, 아줌마는 한우 품평회에 가셨대. 나보고 소들 저녁 주라고 하셔서 왔는데. 너도야?"

　금주가 물었다. 속 편한 소리를 하고 있다. 벼르고 별러 오늘 아주 끝장을 낸 것이었다. 학교생활도 그리고 놈들과 얽혔던 먹이사슬도. 도망치다 잡혀 맞아 죽던지 아니면 영원히 돌아오지 않을 곳으로 떠나야 한다. 그것이 내가 미리 정해놓은 끝장의 결과였다. 놈들에게 잡히지 않았으니까 이제 하나의 결과를 따라야 했다. 선택의 여지가 없었다.

"……."

"잘됐다. 혼자 하려면 끝이 없을 텐데."

　금주가 활짝 웃으며 조수석에 올라탔다.

"어? 다마스가 생각보다는 넓네."

금주가 엉덩이를 들썩였다. 다마스가 맥없이 흔들렸다. 금주의 떡 벌어진 어깨가 운전석의 반을 넘어왔다. 덩치가 나의 배였다.

"그런데 천장이 낮은 게 불편하네."

금주가 목을 옆으로 뉘어 머리를 내 어깨에 얹다시피 했다. 금주는 나보다 머리 하나 높이만큼 컸다. 언젠가 형이 금주에게 송아지 한 마리를 줄 테니 나와 키를 바꾸라는 농담을 했다. 그런데 금주는 그렇게는 못하겠다며 어미 소를 한 마리 더 얹어 달라고 정색을 했다. 거기에 남들 크는 키도 못 크고 뭐 했냐며 형수가 얼굴을 찡그렸다.

"불편하면 내려."

그때 생각이 나 금주의 어깨를 밀어내며 통명스럽게 말했다.

"코딱지만 한 차를 가지고 치사하게."

금주가 엉덩이를 한 번 더 들썩였다. 바퀴가 돌을 타 넘는지 다마스의 차체가 심하게 흔들렸다.

"운전 좀……."

금주가 말을 뚝 끊었다. 뒷좌석에서 계란 판이 와르르 무너졌다. 금주도 그것을 보았다.

"너, 운전면허 있어? 만 18세 안 되었잖아. 이 차는 어디서 난 거야?"

금주가 놀라서 물었다.

"훔쳤다."

나는 아무렇지도 않게 대답했다. 이제까지 차를 훔쳤다는 생각을 하지 못했다. 차를 훔친 것보다 운전을 하는 것이 더 두려웠던 것이다. 말을 해놓고 보니 눈앞이 깜깜했다.

"당장 세워봐. 어섯!"

금주가 소리를 질렀다. 브레이크 페달을 밟아 차를 세우고 기어를 정지에 놓았다. 금주가 재빨리 자동차 키를 돌려 엔진을 꺼버렸다.

"내려!"

금주가 먼저 내렸다. 나도 다마스에서 내렸다.

"너 제정신이야? 완전 미쳤어!"

금주가 두 주먹을 불끈 쥐고 외쳤다. 그래, 미쳤다. 이제 생각하니 미치지 않고는 불가능한 일이었다. 지금 다시 운전을 하여 도망치라고 하면 못할 것이다.

"입술은 왜 그래? 누구한테 맞았어?"

금주가 몸을 낮추며 내 뺨에 손을 붙였다. 계집애, 누구와 싸웠느냐고 물어야 되지 않겠어? 그래야 사나이의 자존심이 상하지 않지. 입술은 놈들이 원하는 타격 지점이 아니다. 놈들이 때리는 곳은 정해져 있었다. 표시가 나지 않는 머리와 배.

"이 새끼, 표시 내려고 일부러 입을 갖다 대?"

자기가 겨냥을 잘못해서 입술을 터뜨려놓고 정대가 한 말이다. 그 억지가 나로 하여금 끝장의 시기를 앞당기게 한 계기였다. 금주가 내 뺨에 붙였던 손을 아래로 미끄러뜨려 손바닥으로 턱을 받쳤다. 그리고 엄지와 검지로 내 아가리를 지그시 눌렀다. 입이 저절로 벌어졌다. 이건 뭐지? 대책 없는 용감함이 아니라 확실한 오버다. 금주와 나는 한 번도 정식으로 말을 튼 적이 없었다.

"이 정도면 이빨이 나갈 수도 있는데. 누구한테 맞은 거야?"

소의 나이는 이빨의 개수와 모양으로 안다고 했다. 형이 하라는 대로 소의 아가리를 벌리고 머리까지 끄덕이며 이빨을 세던 금주의 모습을 본 적이 있다.

"열일곱 살이네. 나와 동갑이야. 호홋!"

"딱 맞혔다. 우리 목장에서 가장 나이가 많은 암소지. 그런데 소가 금주 친구는 아니지. 열일곱이지만 사람 나이로 치면 예순 살이 넘는 나이일걸?"

그날 나는 암소에게서 64세 늙은 엄마의 모습을 보았다. 암소처럼 볼이 홀쭉하게 들어가고 턱에 힘이 빠져 침을 질질 흘리는.

"치워!"

머리를 흔들어대며 연달아 떠오르는 께름칙한 생각들과 금주의 손을 털어냈다.

"으음! 움머어, 음머어."

소 울음소리가 들렸다. 금주가 놀라서 목장 쪽으로 몸을 돌렸다. 소 울음소리는 계속되었다.

"발정이 난 놈이 있다던데 그놈인가 봐. 수놈들이 몸살을 하며 난리를 피겠네."

정대의 입에서도 가끔 발정이라는 말이 튀어나왔다. 그때마다 놈들은 비밀스런 눈짓을 주고받으며 키득거렸다. 인터넷 사전을 통해 찾아봤더니 '성호르몬의 분비로 성적 충동을 일으킴. 성적 욕구를 일으키다'였다. 자극적인 설명이었다. 그런데 금주는 아무렇지도 않게 그런 은밀한 단어의 뜻을 소라는 대상을 정해 구체화해버렸다. 창피한 것도 모르는 거다.

"먼저 저놈들부터 진정시키고 보자."

금주가 나와 다마스를 남겨놓고 부리나케 목장 쪽으로 뛰어갔다. 마음이 바쁜지 가방까지 남겨놓았다. 가방 속에서 휴대전화 벨소리가 계속 울렸다.

"전화 좀 받아줘."

뛰어가면서도 전화벨 소리를 들었나 보다. 금주가 소리쳤다. 가방을 열고 휴대전화를 꺼냈다. 화면에 '목장아찌'라고 발신자의 이름이 떴다. 형의 전화번호였다. 당연히 받을 수도 받아서도 안 되는 전화였다. 형은 금주의 휴대전화에 '부재중 3통'이라는 기록을 남긴 후 통화를 포기했다. 금주가 목장으로 올라간 후에도 한참 동안 소 울음소리가 들렸다. 그런데 어느 순간 소 울음소리가 뚝 그쳤다.

'어떻게 소들을 진정시켰을까?'

다마스의 뒷문을 열고 올라가 쓰러진 계란 판을 정리하기 시작했다. 깨지지 않은 계란들을 판에 모아 정리해 쌓고 깨진 계란들을 쓸어냈다. 손가락 사이사이에 미끈거리는 액체가 채워졌다. 노른자와 섞이지 않은 투명한 액체가 점질을 자랑이라도 하듯 실처럼 늘어났다. 창피하게도 몽정의 순간이 아랫도리에 느껴졌다. 나의 첫 몽정은 몇 달 전이었다. 다른 아이들은 이미 중학교 때 다거친 일이다.

"무면허 운전이면 1년 이하 300만 원 이하의 벌금형이고, 자동차 등 불법 사용죄는 3년 이하 500만 원 이하의 벌금형이야. 두 범죄를 합치면 최대 4년 이하 800만 원 이하의 벌금형인데……."

목장에서 내려온 금주가 휴대전화를 들여다보며 말했다. 인터넷으로 검색을 한 모양이다. 손을 뒤로 돌려 계란 흰자를 엉덩이에 닦았다.

"야, 그걸 거기에 닦으면 어떡해. 마르면 하얘지잖아."

눈치도 빠르다. 마르면 하얘진다는 말, 나의 첫 몽정의 흔적은 그렇게 검정색 팬티에 수치스러운 얼룩으로 남았었다. 얼굴이 화끈거렸다. 다시 한 번 손을 엉덩이에 문지르며 다마스에서 내려섰다.

"지금 깨진 계란이 문제가 아냐. 넌 범죄를 저지른 것이고……."

금주가 심각하게 다마스의 운전석과 짐칸을 살폈다. 나도 슬슬 겁이 나기 시작했다. 금주가 찾아낸 형량을 보면 가볍게 넘어갈 상황이 아니었다.

"제자리에 갖다 놓으면 안 될까?"

내가 생각해도 참 단순하고 바보 같은 생각이다. 47세에 아기를 낳을 생각을 한 엄마의 대책 없는 용기를 그대로 물려받은 것인지.

"그 방법이 가장 좋은 방법이긴 한데……. 그렇게 하려면 또 무면허 운전을 해야 하잖아. 그러다가 진짜 걸리기라도 한다면 끝장이지. 네가 차를 훔쳐 타고 도망칠 때 본 사람들은 없어?"

왜 없었겠느냐는 말이 튀어나올 뻔했다. 나는 목젖이 뜨끔하도록 말을 참고 삼켰다.

"……."

"본 사람이 없는 모양이지? 그래도 다행이다. 그러나 안심은 할 수가 없어. 요즘은 도로에 CCTV가 설치되어 있어 꼼짝 마! 라더라."

놈들이 다 봤다. 놈들이 일부러 신고를 하지는 않았겠지만 그 소동이 났는데 다마스 운전자가 모를 리 없었다. 다마스 운전자는 당연히 놈들을 족쳤을 테고 놈들은 나에 대해 소상히 이야기했을 것이었다. 그렇다면 상황은 종료된 것이다. 금주의 말대로 경찰에서는 도로의 CCTV를 조사해 나의 도주로를 차근차근 쫓고 있을 터였다. 어쩌면 곧 들이닥칠 것이다.

"다른 사람들이 보기 전에 먼저 다마스를 목장 뒤에 숨기자. 그리고 어떻게 할 것인지 생각해보자."

갑자기 금주가 서둘렀다. 금주는 선 채로 운전석에 몸을 들이밀어 다마스의 시동을 걸었다. 다마스의 차체가 경련을 하듯 흔들렸다.

"얼른!"

금주가 턱짓으로 다마스를 가리켰다. 운전을 하라는 뜻이다. 나는 망설였다. 나도 모르게 한쪽 발이 뒤로 빠지면서 뒷걸음질을 치는 꼴이 되었다. 금주가 그런 나를 한심하다는 듯 쳐다보았다.

"흥! 중딩도 너보다는 낫겠다."

금주가 콧방귀를 뀌며 운전석에 올라탔다. 기어 변속을 안 하고 먼저 가속페달을 밟았는지 다마스의 엔진이 깨지는 소리를 냈다. 참견을 하려고 조수석으로 다가가 상체를 들이밀었다.

"됐어. 저리 비켜!"

금주가 내 머리통을 힘껏 밀어냈다. 어찌나 손힘이 좋은지 하마터면 뒤로 넘어질 뻔했다. 다마스가 천천히 움직였다. 어깨를 늘어뜨리고 다마스의 뒤를 따랐다. 금주가 운전 기능을 익혔는지 다마스의 속도가 높아졌다. 비포장도로를 기우뚱거리며 달리는 다마스의 뒷모습, 참 웃긴다.

"푸흐훗, 푸흐훗!"

일부러 소리를 내어 놈들처럼 웃어 보았다. 놈들은 고소했겠지. 그러나 나에게는 고소한 맛이란 없다. 아프고 쓰리다. 너무 쓰리고 아파서 눈물조차 나오지 않았다. 금주는 건초 창고 뒤에 다마스를 숨겼다. 그리고 대여섯 개의 사료 부대를 손수레에 담아 축사로 끌고 들어갔다. 힘이 천하장사였다. 잔뜩 주눅이 들어 금주의 눈치를 보며 축사 밖에서 맴돌았다.

"야, 오공일! 안 도와줄 거야?"

금주가 소리를 빽 질렀다. 부리나케 축사 안으로 뛰어 들어갔다. 내가 나타나자 사료를 먹던 소들이 머리를 번쩍번쩍 들었다. 미처 사료를 배당받지 못한 소들은 축사를 뛰어넘을 듯 목을 빼고 난리였다. 축사 안이 어둑해 소들의 눈이 야릇한 빛을 냈다. 괴기스런 분위기였다. 겁에 질린 나는 부대를 풀어 조심조심 구유에 사료를 쏟았다. 다 쏟지도 않았는데 소가 머리를 들이밀고 흔들었다. 사료 부대가 소의 뿔에 꿰어지면서 한 번의 머릿짓에 엉망으로 찢기며 날았다. 축사 안에 사료들이 우박처럼 쏟아져 내렸다.

"이 자식, 가만히 안 있어?"

금주가 뛰어와 소의 뺨을 철썩 때렸다. 소가 뒤로 물러났다.

"내가 그럴 줄 알았어. 코딱지만 한 것이 만날 말썽만 피운다니까."

금주가 축사 너머로 손을 뻗어 소의 뺨을 한 대 더 때렸다. 그래도 금주는 성이 차지 않은 모양이었다. 아예 축사를 타 넘어 들어가 다른 쪽 뺨을 때리고 엉덩이 발길질로 마무리했다. 소가 겁에 질려 구석으로 파고들었다. 소는 다른 소보다 덩치가 훨씬 작았다.

"저렇게 성질이 까칠하니 몸이 안 크지."

역시 오버다. 머릿짓으로 사료 부대를 좀 날렸기로서니 그렇게까지 몰아붙일 필요는 없을 듯했다. 성질이 까칠한 것으로 치면 축사까지 타 넘고 들어가 기어이 해코지를 한 금주가 더했다.

"빨리 밥 먹어!"

금주가 축사가 떠나가도록 소리를 질렀다. 구석에 있던 소가 눈치를 보며 슬금슬금 다가왔다.

"이제부터 이 자식 이름은 오공일이다. 아니 성은 바꿔줘야 되겠다. 소니까 우공일. 어째 하는 짓이 둘이 똑같냐."

금주가 내 어깨를 밀치며 빗자루를 들었다. 금주의 발길질이 올라올까 봐 얼른 엉덩이를 막았다.

"어떻게 하든 네가 저지른 일은 내가 해결해 준다. 그 대신 너는 지금부터 나한테 4년 이하의 징역을 살아야 하고 또 800만 원 이하의 벌금을 물어야 돼. 알았지?"

금주가 바닥을 쓸며 힘주어 말했다.

위조된 각서

"저는 모르겠고요. 빨리 데려가세요."

형수가 제일 먼저 한 일이 엄마에게 전화 걸기였다.

"어머니는 도대체 뭐 하시는 분이야? 애를 어떻게 저렇게 길러."

형수는 전화를 끊고 나서 진짜 하고 싶은 말을 했다. 그나마 고맙다. 형수의 얼굴은 붉다 못해 활활 탔다. 모임에서 술을 한 것 같은데 거기에 기름을 부은 꼴이다.

"금주, 너는 뭐했니? 공일이가 차를 훔쳐 왔으면 목장에 못 들어오게 막았어야지 같이 짝짜꿍이 되어 숨겨줘? 너 그렇게 안 봤더니 큰일 날 애구나?"

이번에는 형수가 금주를 호되게 나무랐다.

"왜 금주한테 뭐라고 해. 여기에 잡아놨으니 망정이지 끌고 다니다 사고가 나면 어쩔 뻔했어. 경찰에 걸리기라도 했더라면 일이 더 커졌겠지. 잘했다, 금주야."

형이 금주를 두둔하고 나섰다. 나는 이 자리에 없는 것이나 마찬가지다. 애초 내 편을 들어줄 것이라는 기대는 안 했지만 형까지 나를 철저하게 제외해버렸다.

"끌고 가면 되잖아요. 내가 알아서 한다고요. 사고가 나든지 잡히든지 내가 알아서 하면 될 거 아녜요."

이렇게 나는 발에 밟힌 지렁이처럼 꿈틀거려보았다. 역시 무반응이다.

"소똥 묻히며 사는 것도 억울한데 자식뻘 되는 애 뒤치다꺼리, 난 절대 못 해."

형수가 형에게 소리쳤다.

"누가 당신보고 하래? 그리고 애가 뭐야 애가. 자식뻘이라도 시동생은 시동생인데."

형이 지지 않았다.

"하이고오! 시동생?"

형수가 뒤로 넘어갈 듯 질색을 했다. 실제 형수는 뒷머리에 손을 올리며 가까스로 중심을 잡았다.

"어머니가 왜 그런 사람과 재혼을 한 줄 알아? 당신이 죽어도 못 모시겠다고 해서였잖아."

형도 단단히 화가 나 있었다.

"좋아. 그건 내가 미안하다고 했잖아. 그렇다고 애를 낳아? 그 나이에? 그리고……. 그러니까 애가 그 모양이지."

금주 앞에서 내 출생의 비밀이 순식간에 다 까발려졌다. 아버지는 형에게 '그런 사람' 취급을 받았고 엄마는 형수에게 '아버지보다 더 못한 사람'으로 취급받았다. 거기에 나는 '그 모양인' 아버지, 엄마의 부산물이었다.

"어머니 오시면 묶어서 보내. 나는 절대 이해가 안 돼."

완전히 짐짝 취급이다. 형수가 집으로 들어갔다. 형수의 모습이 사라지자 형이 엄마에게 전화를 걸었다.

"오시지 말라니까요? 제가 알아서 합니다."

"……."

"와도 소용없다니까요? 끊습니다."

형은 딱 네 마디만 하고 전화를 끊었다. 형의 한마디에 벽이 하나 생기고 또 한마디에 벽이 하나 생겼다. 네 마디니까 사방이 꽉 막혔고 나는 그곳에 꼼짝없이 갇혀버렸다. 형의 전화를 받은 엄마도 그랬을까? 차라리 그렇게 갇혀서 형의 뜻대로 여기에 오지 않았으면 좋겠다.

"금주야, 신고하자."

형이 단호하게 말했다. 형의 말이 견고한 뚜껑이 되어 마지막으로 남은 공간을 덮었다. 갑자기 숨이 턱 막혀 나도 모르게 주먹으로 가슴을 툭툭 때렸다.

"신고요? 자수해야지요."

금주가 펄쩍 뛰었다.

"다마스에 보니까 주인의 연락처도 있고 계란 판 스티커가 유진양계장이에요. 양계장에 물어보면 다마스 주인을 알 수 있을 것 같아요."

"유진양계장? 김명철 씨?"

형도 아는 양계장이고 또 이름까지 부르는 것을 보면 주인과 친한 사이인 듯했다. 금주가 머리를 끄덕이며 전화를 걸었다.

"아찌, 저 금주인데요. 다마스 끌고 계란 받아가는 사람 있잖아요. 어떤 사람이에요?"

금주가 양계장 주인의 설명을 한참 동안 열심히 들었다.

"신고를 했다고요?"

금주가 깜짝 놀라 목소리를 높였다. 형도 몸을 흠칫했다.

"아, 아니에요. 감사합니다."

금주가 휴대전화에 대고 머리를 꾸벅 숙였다. 다마스 운전자가 신고를 하리라는 것은 이미 예상했던 일이다. 어쩌면 놈들에게 나에 대한 신상을 털어 경찰에 넘겼을 것이고 경찰은 학교에 연락을 했을 것이다. 학교에서는 당연히 엄마에게 연락을 했을 텐데……. 형수의 전화를 받은 엄마는 전혀 그 사실을 알지 못하는 듯했다. 그렇다면…….

"나를 쫓아왔던 그 자식들이 다 봤어. 내가 다마스를 훔치는 것을. 그 자식들이 다마스 주인에게 다 일러바쳤을 거야. 흐흣!"

몸에 힘이 풀려 해서는 안 될 말을 지키지 못하고 뱉었다. 거기에 침을 흘리듯 웃음까지 흘렸다.

"짝!"

갑자기 눈앞에서 폭죽이 터졌다. 내 얼굴은 90도 정도로 돌아가 거기에서 고정되었다. 터진 폭죽의 알갱이들이 다시 몸을 터뜨리며 꽃처럼 피어났다. 황홀한 풍경이었다.

"이놈이 그래도 정신을 못 차리고 장난질이야? 그렇게 현실 파악이 안 돼? 응?"

형의 주먹이 날아와 이번에는 머리통에 박혔다. 시원했다. 놈들에게 얻어맞아 겉과 속이 분리되어 덜컥거렸던 머리통이 비로소 하나가 되었다.

"아찌, 그만해요. 왜 때리고 그래요."

금주가 소리를 지르며 형을 막았다. 금주의 등이 바로 코앞에 있었다. 그때서야 어지럼증이 몰려들었다.

"에잇! 다마스 키나 이리 내."

형이 발을 꽝 구르며 말했다. 금주가 주머니에서 다마스의 키를 꺼내 넘겼다. 금주의 옆으로 건초 창고로 걸어가는 형의 뒷모습이 보였다. 형은 술을 마신 듯 몸을 비틀거렸다. 어둠이 그런 형의 모습을 자꾸만 지웠다.

"너무 걱정하지 마. 네가 저지른 일은 내가 해결해줄게. 다마스 주인에게 사정을 해 봐야지 뭐. 지금으로서는 그 방법밖에 없는 것 같아. 너는 그냥 무조건 잘못했다고 말해. 절대 다른 말은 하지 말고. 그다음에는 내가 알아서 할게."

금주가 나의 어깨를 토닥였다.

형이 다마스를 끌고 와 멈췄다. 헤드라이트의 전구가 나갔는지 다마스는 애꾸였다. 그나마 다른 한쪽도 불빛이 불안하게 떨렸다. 금주가 뒷문을 열어 짐칸에 나를 밀어넣었다. 그리고 조수석에 올라탔다. 나는 계란 판 옆에 쪼그리고 앉았다. 영화에서 보면 죄수들이 그렇게 차에 태워져 교도소로 끌려갔다. 죄수들은 수갑을 차기도 했고 포승줄에 묶여 있기도 했다. 그러면서도 탈출의 기회를 엿본다. 놈들과 마주치지 않는 먼 곳! 그곳이 나의 최종 목적지였다. 그렇다면 탈출을 시도할 필요는 없었다. 설마 놈들이 교도소까지 쫓아오진 않을 테니까. 교도소야말로 놈들에게서 영원히 도망치는 최상의 목적지가 될 듯했다. 잘되었다.

"계란 판이라도 잡고 있어. 그것이라도 지켜야지 다 깨버릴 거야?"

금주가 뒤를 보며 말했다. 생각에 골몰한 탓에 나는 다마스의 흔들림을 느끼지 못하고 있었다. 다마스가 심하게 덜컹거렸다.

"제 친구인데요. 학교에서 못된 놈들이 무척 괴롭혔어요. 그래서 쫓기다 사장님의 차를 빌려 탔나 봐요. 잡혔으면 엄청 맞았거든요."

금주가 다마스의 주인과 전화 통화를 하고 있었다. 금주는 빌려 탔다는 말에 힘을 주었다. 금주에게 놈들에 대해서는 뻥끗도 안 했다. 그러나 금주는 정확하게 상황을 설명하고 있었다.

"유진양계장 아찌에게 도금주를 아느냐고 물어보세요. 제 이름이거든요. 아마 착하다고 칭찬 많이 할 거예요. 제 친구니까 이 친구도 당연히 착한 거지요. 아찌이∼."

금주가 몸을 뒤틀며 콧소리를 냈다.

"지금 제 친구의 형님과 제 친구를 데리고 양지지구대로 가고 있거든요. 자수를 하려요. 아찌 차도 곱게 몰고 가고 있어요. 아찌도 거기로 오세요. 네? 아찌이∼."

"……."

"깨진 계란이며 손해 본 것은 친구의 형님이 보상해 드릴 거예요. 아찌는 오셔서 경찰에게 신고를 취소해달라고 하시고 제 친구를 용서해달라고 해주시면 돼요. 제발 부탁이에요. 아찌이∼."

"……."

"고맙습니다. 그럼 이따 봬요. 아찌이∼."

금주가 전화 통화를 마쳤다.

"으, 닭살!"

금주가 몸을 부르르 떨며 북북 긁어댔다. 금주의 콧소리는 혼자 듣기 아까울 정도였다. 듣는 나도 몸이 오글거렸다.

"아찌, 잘될 것 같아요. 주인이 막 화를 내다가 부드러워졌어요. 내가 흐물흐물 녹였잖아요. 호홋!"

"금주 너는 여기서 내리는 것이 낫겠다."

형이 느닷없이 말했다.

"다마스 주인이 너를 아주 작고, 예쁘고, 귀여울 거라고 생각했을 거 아냐. 하하핫!"

형이 처음으로 소리 내어 웃었다.

"호홋! 아찌느은?"

금주가 형의 어깨를 마구 두드렸다.

"공일이 너는 무조건 잘못했다고 빌어. 다른 말은 절대 하지마. 나머지는 금주와 내가 알아서 한다."

형이 금주와 똑같은 말을 했다. 걱정할 필요가 없다. 나는 할 말이 없다. 지구대 건물 이마의 노란 독수리가 오늘따라 더 노랗다. 형도 그것을 보았는지 속도를 낮췄다. 지구대 주위의 상가는 이미 불이 꺼져 캄캄했다. 형이 앞장을 서서 지구대의 문을 밀고 들어갔다. 구부정하게 쇼파에 앉아 컵라면을 먹던 경찰이 자리에서 일어났다.

"아니, 한 사장이 이 밤중에 웬일이오?"

경찰이 형을 반겼다. 형이 뒷머리를 긁으며 다가갔다. 꽤 안면이 있는 듯했다.

"마저 드시지."

형이 어눌하게 말했다. 경찰은 형의 말을 듣는 둥 마는 둥 하며 나무젓가락을 컵라면에 꽂고 나와 금주를 쳐다보았다. 예리한 눈

빛이었다. 다마스 운전자가 신고를 했다니까 범인임을 벌써 알아
차린 것 같았다.

"저놈들이 뭔 사고를 쳤구만?"

경찰이 금주까지 싸잡았다.

"그게 아니고 다마스 도난신고 접수된 것 있는가 찾아봐 주세
요. 제 동생인데 자수를 시키러 왔습니다."

형이 나를 앞으로 잡아당겨 경찰 앞에 세우며 말했다. 나는 꾸
벅 인사부터 했다.

"다마스? 우리한테는 신고 들어온 것 없는데? 한번 조회를 해
볼까?"

경찰이 컴퓨터 앞에 앉아 자판을 두드렸다.

"성암지구대에 신고된 것이 있네? 오후 3시 8분에."

성암지구대라면 학교 근처였다. 시간도 정확하게 들어맞았다.
수배자의 이름이 있나 봐 달라는 말이 목구멍까지 올라왔다. 꾹
참았다.

"한 사장 동생이야? 둘이 안 닮았는데? 한 사장에게 아들이 있
잖아. 축구 선수. 아, 그놈 참 볼수록 탐난다니까. 나는 딸만 둘이
라서 말야. 하하하."

수다스러운 경찰이다. 전혀 관계도 없는데 여기서 도민이의 이
야기가 왜 나오는지.

"다마스 주인이 여기로 오실 거예요. 신고를 취소하면 괜찮은

거죠?"

금주가 앞으로 나서며 물었다. 그때 지구대의 문이 열리면서 한 남자가 들어왔다. 나는 먼저 남자의 키와 몸집을 관찰했다. 작은 키도 작은 몸집도 아니다. 어쩌면 다마스의 주인이 아닐지도 몰랐다. 다마스는 내 키와 내 몸집에 딱 맞았으니까.

"어느 놈이야! 내 차를 훔쳐간 놈이."

남자가 소리를 버럭 질렀다. 그리고 나와 금주, 형의 아래위를 훑어보았다.

"나한테 전화한 애가……. 너였어?"

남자가 금주를 보더니 중간 말을 뚝 끊었다 다시 이어 붙였다. 형의 짐작이 맞았다. 남자는 금주를 보고 실망을 한 듯했다.

"아찌이~. 잘 오셨어요. 여기 앉으세요."

금주가 남자에게 찰싹 달라붙어 쇼파로 밀었다. 남자가 금주에게 밀려 쇼파에 앉았다.

"정말 죄송하게 됐습니다. 생각이 짧아 그런 것이니 용서해주십시오."

형이 얼른 다가가 머리를 조아렸다. 금주가 나에게 눈짓을 보냈다.

"잘못했습니다."

나도 허리를 90도로 숙였다.

"네가 뭘 잘못해. 저리 가 있어."

경찰이 다가와 나를 일으켜 세우고 한쪽으로 밀었다.

"이게 말이지, 남의 생업을 가지고 장난치면 안 되지. 내가 본 손해가 얼마인지 알아? 거래처가 다 떨어져 나갔다고. 어떻게 책임질 거야. 엉?"

남자가 쩍 벌렸던 가랑이를 오므려 다리를 도도하게 꼬았다. 누가 들으면 계란 배달이 큰 사업인 줄 알겠다.

"에이, 별일도 아니구만. 다마스라면서…… . 거 좋게 해결해요."

경찰의 참견에 남자가 쇼파에서 벌떡 일어섰다.

남자의 불만은 대한민국 경찰이 국민을 무시했다는 것이다. 그리고 자기가 낸 세금으로 경찰을 먹여 살린다고 억지 생색을 냈다. 참고 참던 경찰의 얼굴이 단풍잎처럼 벌겋게 달아오르기 시작했다.

"아이, 왜 그러세요. 참으세요."

금주가 경찰과 남자의 말다툼 사이에 끼어들었다.

"다마스가 어때서요. 기름 적게 들지, 주차하기 쉽지, 짐칸도 넓어 물건 배달하기 그만이지요. 세금도 싸고 통행료도 절반이잖아요. 아저씨가 돈이 없어서 다마스를 끌겠어요?"

금주가 남자 편을 들었다.

"내 말이 그 말이지. 오히려 경차를 우대해줘야지 경차를 끈다고 사람까지 무시하면 되느냔 말야. 그것도 대한민국 경찰이."

금주의 말에 남자가 펄펄 힘을 냈다. 경차와 경찰, ㄹ 받침 하나 차이다. 마침 책상 위의 전화벨이 울려 경찰이 남자와의 대치 상황을 포기했다.

"잘하셨어요. 아찌~."

금주가 경찰의 눈을 피해 남자에게 속삭이며 엄지손가락을 들어 보였다. 남자가 흐뭇하게 입꼬리에 웃음을 물었다.

"나야 차를 찾았고, 손해 본 것만 물어준다면 봐줄 수 있지."

남자가 한결 부드러워졌다.

"호홋! 그러실 줄 알았어요. 당연히 손해본 것을 물어드려야지요. 얼마면 될까요? 10만 원?"

10만 원이라는 금주의 합의금 제시에 남자가 입맛을 쩝 다셨다. 먼저 합의의 뜻을 비친 것을 후회하는 눈치였다.

"말씀해주세요. 성의껏 보상해드리겠습니다."

이번에는 형이 나섰다.

"계란 버린 것이며 마음 고생한 것이며 한 오십은 받아야 되지 않겠냐마는……."

남자가 합의금을 제시했다. 완전히 봉을 잡겠다는 심사였다.

"마침 갖고 있는 돈이 다 털어도 사십 정도니 이것만……."

형이 얼른 지갑을 꺼내 5만 원권 여덟 장을 빼냈다. 형이 돈을 내밀었지만 남자가 선뜻 받지 못하고 경찰의 눈치를 봤다.

"부족하시면 내일이라도 드리겠습니다."

"내가 손해 좀 보지요. 뭐가 좋은 일이라고 내일 또 봅니까?"

남자가 선심을 쓰듯 말했다. 형이 돈과 함께 다마스의 키를 남자에게 넘겨주었다.

"합의서나 각서라도 하나 써야지."

책상에 앉아 있던 경찰이 머리를 들지 않은 채 말했다. 금주가 재빨리 종이와 볼펜을 준비했다. 그리고 남자를 쇼파에 앉히고 그 옆에 나란히 앉았다.

"이런 것을 뭐 하러 쓰라고 해. 서로 믿고, 믿으며 살아야지."

남자가 구시렁거리며 볼펜을 들지 않았다. 합의서라든가 각서를 한 번도 써본 적이 없는 듯했다. 남자와 금주, 나와 형은 한참 동안 하얀 종이를 쳐다보았다.

"각서. 본인은 본인 소유 차량인 다마스 5845번의 도난신고를 오인 신고로 정정하여 즉시 철회하고……. 이름이 뭐지?"

경찰이 각서 내용을 부르다 말고 느닷없이 나의 이름을 물었다. 나는 깜짝 놀라 입이 얼어붙었다. 받아 적던 남자도 잠깐 멈췄다.

"아니, 한 사장 말야."

경찰이 당황하며 형을 가리켰다.

"오, 오공일이에요."

그러나 그와 동시에 금주가 벌써 대답을 해 버렸다.

"차량 사용자인 한상원에 대해 금 40만 원의 합의금을 수령한 바, 이후 본 건에 대한 민·형사의 일체의 책임을 묻지 않겠습니다. 각서인······. 구공산."

금주가 나의 이름을 불러주었지만 경찰은 형의 이름을 불렀다. 남자도 군말 없이 각서에 형의 이름을 썼다. 남자가 마지막으로 자기의 이름을 쓰고 그 옆에 멋들어지게 서명을 했다. 구공산, 남자의 이름이 특이하다. 한 번 들으면 절대 잊어버리지 못할 이름이다.

"자, 됐고요. 각서대로 도난 신고를 오인 신고로 정정합니다? 돌아 가셔도 됩니다."

경찰이 자리에서 일어나 손바닥을 탁탁 털었다. 남자가 개운치 않은 듯 뒷걸음질로 지구대 문을 나섰다.

"오호홋!"

금주가 참지 못하고 웃음을 터뜨렸다. 구공산 씨에 대한 금주다운 배웅이다.

"자, 오공일. 여기에 와서 앉아. 그리고 한 사장도 잘 들어요."

경찰이 책상 맞은편 의자를 가리켰다. 나는 어깨를 늘어뜨리고 의자에 앉았다.

"난 경찰로서 지금 직무 유기를 한 거야. 아무리 자수를 했고 합의를 했다고 해도 형벌의 경감에 참고는 되지만 범죄가 없어지는 것은 아니지. 오공일 너는 무면허 운전을 했고 자동차 등 불법 사용죄에 해당되는 범죄를 저지른 거야."

"······."

"신고자가 순진하고 착한 사람이었기에 다행이지 이 사건은 빼도 박도 못하는 거란 말야. 이제부터는 다마스를 끌고 간 것은 오공일이 아니고 한상원, 당신이었던 거야. 알았어?"

그래서 경찰이 남자 앞에 무릎을 꿇은 나를 일으켜 세웠던 것이다.

"너희 둘은 나가 있어. 한 사장은 진술서를 써서 마무리를 해야 하니까. 오공일, 너는 내가 끝까지 지켜볼 거다. 내가 경찰 생활 몇십 년에 이런 위험한 짓은 처음 하는 거니까."

경찰이 나를 매섭게 쏘아보았다. 나는 머리를 폭 숙였다.

"금주야, 어서 공일이 데리고 나가."

형이 금주에게 말했다. 나는 금주의 손에 이끌려 지구대 밖으로 나왔다. 멀리서 개 짖는 소리가 컹컹 들렸다. 개는 목청껏 짖어 댔다. 나도 입을 딱 벌리고 목을 마음껏 빼고 가슴이 후련해지도록 한 번 짖어대고 싶었다.

"이제 어떻게 할 거야?"

금주가 물었다.

"……."

"시간을 갖고 천천히 생각해 봐. 길이 보이겠지."

길? 길이라……. 나는 길이 없었다. 항상 남들이 내놓은 길을 눈치를 보며 다녔다. 남들은 평범한 일상인데도 그것조차 위태롭게 지탱하며 살았다. 차라리 형의 목장으로 목적지를 정하지 않았더라면 좋았을 것이다. 그랬다면 이렇게 싱거운 끝장으로 끝나지 않았을 텐데. 분명한 것은 다시는 학교로 돌아가지 않겠다는 것이었다. 형이 지구대 문을 밀고 나왔다. 곧바로 콜택시 한 대가 지구대 앞에 와 멈췄다.

"자, 타자."

형이 조수석에 타고 나와 금주는 뒷좌석에 탔다.

"금주는 오늘 고생 많았다. 며칠 후, 암소들 인공수정을 하니까 그때 와서 좀 도와주고. 연락할게."

형이 등받이를 뒤로 기울여 몸을 뉘었다. 형이 한숨을 길게 내쉬었다.

"아저씨, 동암동으로 가주세요. 성당 바로 앞에서 내려주시면 돼요."

금주가 거기 사는 모양이었다.

"거기서 신무동 주공아파트로 갑시다."

금주의 말이 끝나자 형이 최종 목적지를 말했다. 바로 우리 집이다. 우리 집이라는 생각이 들자 나는 택시에서 뛰어내리고 싶은 충동을 느꼈다. 그런 충동을 감지했는지 금주가 내 손을 살며시 잡았다. 참 지나친 오버다. 나는 벌레처럼 손가락을 꼼지락거려 금주의 손에서 손을 빼냈다.

"아찌, 척 보면 척 아는데 공일이 학교 다니기는 글렀어요. 그 정도면 못 다니거든요. 그냥 공일이가 하는 대로 내버려두세요."

금주가 종알거렸다. 형이 나만 집에 내려주고 그냥 돌아갈 리 없었다. 금주가 말하지 않더라도 오늘 밤 안으로 반드시 짚고 넘어갈 일이었다. 형이든, 엄마든, 나든.

"휴대전화 줘봐."

금주가 작은 소리로 속삭였다. 휴대전화가 있을 리 없다. 휴대전화는 책가방 속에 전원을 꺼서 넣었고 책가방은 교실에 두고 나왔다. 아마 놈들의 분풀이가 되었겠지. 금주가 가방을 뒤적이더니 종이와 볼펜을 꺼냈다. 그리고 휴대전화의 조명을 켜서 전화번호를 적었다.

"전화하고 싶으면 언제든지 해."

금주가 종이를 착착 접어 내 손에 쥐어주었다. 곧 내릴 곳인가 보다. 택시는 낮은 담 너머 성모상의 모습이 보이는 곳에 멈췄다. 푸르스름한 빛이 성모상을 휘감고 있었다.

"아찌, 저 갈게요. 너도 잘 가."

금주가 내렸다. 형은 머리만 끄덕였다. 금주가 빠지자 자리를 넓혀 엉덩이를 편하게 내려 앉혔다. 나는 금주가 쥐어준 종이의 모서리를 손가락 끝으로 살살 뭉갰다. 네 모서리를 다 뭉그러뜨릴 즈음 집에 당도할 것이다.

"여기서 좀 세워주세요."

형이 택시를 세웠다. 미터기를 보니 18,000원이다. 형이 만 원권 두 장을 꺼냈다. 돈이 되는대로 가면 딱 우리 집에 당도할 텐데.

"거스름돈은 됐습니다."

형이 먼저 내렸다. 나도 따라서 내렸다. 이제 형과 나는 서로 어색하게 2,000원어치를 걸어가야 된다. 형이 앞장서 휘적휘적 걸어갔다. 형은 키가 크다. 그래서인지 일부러 늑장을 부리는 것도 아닌데 거리가 점점 벌어졌다. 형이 기다려주었다. 기다려주는데 뛰어가지 못하겠다. 힘껏 뛰어도 거리가 좁혀질 것 같지 않은 생각이 먼저 들었기 때문이다.

"천천히 와라."

형이 말했다. 그렇게 말하면서도 형은 가던 길을 다시 되돌아 걸어왔다. 거리가 쑥쑥 줄어들어 곧 나란히 서게 되었다.

"정말 학교를 그만둘 생각이냐?"

형이 물었다.

"……."

"시달림을 받는다는 말은 들었다. 그런데 이 정도일 줄 몰랐다."

"……."

"네가 하고 싶은 대로 해라. 엄마한테도 그렇게 말할게."

엄마! 형의 입에서 엄마라는 소리가 나오는 것을 처음으로 들었다. 네 엄마라는 3인칭이 아니라 그냥 엄마다. 나의 엄마, 형의 엄마다. 가슴에서 무엇인가가 치밀어 오르더니 목구멍을 콱 막았다. 숨이 막혀 당장 죽어 버린다 해도 정말 뱉어 내고 싶지 않았다.

"네 아버지가 조금만 괜찮았더라면 이 정도까지는 아니었다.

네 아버지가 돌아가시고 엄마가 떠안은 빚 때문에 형도 많이 힘들었다. 그래서 형수가 그렇게 싫어하는 것이고."

조금만 괜찮다, 라는 기준이 뭘까? 내가 아버지와 살면서 가장 불편한 것, 안 괜찮았던 것은 아빠라고 부르지 못하는 것이었다. 꼭 아버지라고 불러야 했다. 가뜩이나 아이들로부터 할아버지냐라는 놀림을 받고 있었다. 아빠와 아버지. 내가 느꼈던 글자 수 두 개와 세 개의 차이는 엄청났다. 아버지는 그 차이가 무슨 자랑거리라도 되는 양 사람들 앞에서도 꼭꼭 '이 아버지가, 이 아버지가' 이렇게 말해 나를 애늙은이화시켰다. 아버지는 초등학교 6학년 때 돌아가셨다. 솔직히 말하자면 비참하게 죽었다. 술에 취해 전봇대를 끌어안고 죽었으니까. 빚이나 끌어안고 가져가지 전봇대는 왜……. 엄마는 제삿날이 되면 그 전봇대를 찾아가 술을 뿌려 주었다. 나도 딱 두 번 찾아갔지만 개처럼 오줌을 갈겼다. 그것도 한쪽 다리를 들고.

그 생각을 하자 오줌이 마려웠다. 오늘 오줌을 눈 것이 점심시간 이후, 학교에서가 다였다. 아랫배가 뜨끔거리며 도저히 참기 어려웠다. 나는 주위를 두리번거렸다. 가로등을 주머니처럼 허리춤에 매달고 있는 전봇대가 보였다. 어기적거리며 걸어가 지퍼를 내렸다. 오줌이 끝도 없이 나왔다. 방광이 점점 비워지면서 몸이 솜처럼 풀어졌다.

'전봇대를 어찌나 세게 끌어안고 죽었는지 구급대원들이 떼어

내느라 진땀을 뺐다네.'

　사람들이 장례식장에서 숙덕거리던 아버지의 마지막 모습이
다. 나는 전봇대에 아버지가 붙어 있기라도 한 듯 골고루 오줌발
을 날렸다. 내 오줌발에 다른 오줌발이 합세를 했다. 그 오줌발은
더 굵고 힘찼다. 형도 따라와 같이 오줌을 누고 있었다. 형과 나는
누가 먼저랄 것 없이 몸을 부르르 떨며 일을 마쳤다.

말 타세요?

형이 학교에 자퇴서를 내고 사물함에 있는 물건을 유품처럼 들고 왔다. 참 분량이 적다. 화장을 한 후 가슴에 안겨주던 아버지의 유골함, 딱 그 부피다.

"아이고오!"

형에게 내 물건을 넘겨받은 엄마가 곡을 했다. 완전히 장례식 분위기다.

"아이고오오! 학교까지 그만뒀으니 어찌 사람이 될꼬오."

엄마가 바닥에 주저앉으며 발버둥을 쳤다. 나중에 필요하면 검정고시를 보기로 했다. 어젯밤 엄마와 이미 충분히 합의한 사항이다.

'명복을 빈다.'

나는 명지고등학교 1학년 4반 오공일을 향해 진심으로 묵념을 했다.

"목장으로 가자. 하루에 5만 원씩 쳐준다. 8일 일해야 빚진 것을 갚는 것이고."

그런 조건이라면 어쩔 수 없다. 형이 지갑에서 5만 원권 여덟 장을 빼낼 때 조금이라도 주저를 했더라면 결심은 달라졌을 것이다. 다마스 주인의 요구대로 50만 원을 다 채웠더라도……. 전자는 치사한 것이고 후자는 바보 같은 짓이겠지. 옷가지 몇 개를 챙겨 형을 따라나섰다.

"아이고오, 아이고오!"

엄마의 곡소리가 한참 동안 따라왔다. 목장으로 가는 다른 길이 있는데 형은 하필 학교 쪽으로 방향을 잡았다. 거리상으로는 다른 길이나 이 길이나 비슷하다. 뭐 운전자 마음대로니까 탓할 생각은 없다.

"전봇대에 들렀다 갔으면 좋겠는데."

아버지의 유골을 뿌리러 갈 때 엄마가 한 말이다. 그때도 형이 운전을 했었고 형은 엄마의 말을 순순히 따랐다.

"내리지 말고 그냥 봐요."

골목에 차를 세우고 형이 말했다. 차에서 내리려던 엄마가 멈칫했다. 전봇대에는 쓰레기가 쌓여 있었고 그 옆으로 사람들이 바삐 오고 갔다. 엄마가 유리문을 내리고 내 무릎에 있는 아버지의 유골함을 들어 올렸다. 그리고 유골함에게 전봇대를 보여주었다. 그것은 죽은 아버지에게 당신의 죽음을 확인하는 의식과도 같았다. 그때 커다란 개 한 마리가 전봇대에 붙더니 다리 한쪽을 들고 시원하게 오줌을 눴다. 그 이후 전봇대를 보면 항상 오줌이 마려웠다. 형도 그런 마음에서였을까?

'부디 명복을 빕니다!'

학교 교문을 지나치면서 다시 한 번 묵념을 했다. 명지고등학교 1학년 4반 오공일과 아버지를 위해서.

목장에 들어서자 전지훈련을 마치고 돌아온 도민이가 축사에서 소들을 몰아내고 있었다. 목장에서 도민이의 일은 자기의 특기에 맞게 소들의 운동 담당이었다. 실제 도민이는 소들이 축구 선수라도 되는 듯 아주 혹독하게 운동을 시켰다. 도민이가 채찍을 휘두르자 소들이 긴장을 하며 펄쩍펄쩍 뛰었다.

'적당한 운동으로 식감이 다르다.'

형의 목장에서 생산되는 쇠고기의 표어였다. 잘생기고 촉망받는 축구 선수인 아들을 은근히 자랑하기 위한 형수의 판매 전략이다. 내가 보기에는 절대 적당한 운동이 아니다. 도민이는 소들이 입에서 거품을 뿜어댈 때까지 닦달을 했다. 그중 한 마리라도 무릎을 꺾고 주저앉아야 멈췄다.

"축사 청소부터 해라."

형이 작업 도구로 장화와 삽과 손수레를 내놓았다.

'위생적인 사육으로 육질이 깨끗하다.'

표어를 이렇게 바꾸려면……. 몸이 얼마나 고될까? 까짓것 지금은 소똥 치우는 일에 목숨을 걸어도 괜찮을 것 같았다.

"야, 청소하다가 저쪽에 있는 녀석이나 내보내. 뭐 저런 녀석이 다 있어."

도민이가 축사에서 나오면서 빈 채찍을 휘둘러댔다. 채찍이 공중에서 잠시 멈추는가 싶더니 찢어지는 소리를 내며 튕겨졌다.

"내 말 안 들려?"

도민이의 목소리가 채찍처럼 몸에 감겼다.

"응."

나는 대답을 짧게 끊었다.

"야, 쪽팔리게 다마스를 훔쳤냐? 기왕이면 BMW를 업어 오지. 병신처럼……."

도민이가 입을 비틀며 비웃었다. 입술 사이로 이빨이 하얗게 빛났다. 완전히 좀도둑 취급이다. 망할 자식! 소똥을 치우기 전에 먼저 똥부터 밟은 기분이었다. 대거리를 하지 않고 축사로 들어갔다. 칸칸마다 소똥 천지다. 축사 한구석에 양심적으로 똥을 싼 녀석은 드물고 거의 모든 녀석이 묽은 똥을 싸서 바닥에 발라놓았다. 어디에 먼저 삽을 들이대야 할지 몰랐다. 축사 밖으로 나가 왕겨를 한 부대 들고 들어와 바닥에 뿌렸다. 금주가 하던 방법이었다. 묽은 똥이 왕겨와 섞이면서 삽질이 수월해졌다. 몇 번 구역질이 올라오더니 가라앉았다.

"음모!"

소 울음소리에 삽질을 멈추고 허리를 폈다. 벌써 허리가 뻐근했다. 도민이의 채찍질을 버틴 녀석이다. 도민이가 포기한 녀석이다. 도민이가 내보내라고 말했지만 귓등으로 들었다. 도민이도 내가 그 녀석을 축사에서 내보내리라고는 기대를 하지 않을 테니까. 나는 다시 삽질에 집중했다. 목덜미에 땀이 맺히더니 등줄기를 타고 흘렀다. 손수레에 소똥이 가득 찼다.

"음모오!"

이번에는 좀 길게 울었다. 다른 소들이 다 운동을 나가고 혼자 축사에 남아 심심한 모양이다.

"대꾸해줄 시간 없거든."

손수레를 끌고 통로로 나왔다. 무심코 축사 안쪽으로 눈길을 쭉 밀었다. 축사 중간쯤에서 녀석의 머리가 통로를 향해 불쑥 내밀어졌다. 하마터면 손수레의 손잡이를 놓칠 뻔했다. 손수레가 한쪽으로 기울어지는 것을 겨우 중심을 잡아 세웠다. 틀림없이 그 녀석이다. 사료 부대를 뿔로 찍어 공중으로 날렸던 녀석, 우공일.

"내가 그럴 줄 알았다."

금주가 내게 한 말이다. 엄마도 그랬고 선생도 그랬다. 그리고 놈들도 다 그랬다. 그런 말을 내가 녀석에게 할 줄이야.

"뛰어! 뛰란 말야. 멍청이처럼 그렇게 있지 말고."

운동장에서 도민이가 채찍을 휘둘러대고 있었다. 축사 하나를 다 비워 데리고 나왔으니 어림잡아도 소들이 40여 마리다. 도민이는 조련을 하듯 소 떼를 일사불란하게 몰았다. 도민이는 가끔 소 떼의 앞으로 튀어나가 뛰었다. 그 뒤로 소들이 뿔을 세우고 쫓았다. 도민이가 돌부리에 걸려 넘어진다면 끝장이다. 여지없이 소뿔에 찔린다든가 발에 밟힐 것이다. 지켜보는 것만으로 손에 땀이 났다.

"호호호, 우리 아들은 축구 선수로 타고났어."

짝짝짝! 웃음소리에 정신을 차렸다.

"아직 허락한 것 아냐?"

형수가 못을 박듯이 내 몸에 말을 꽂았다. 무엇을? 축사 청소조차도 허락한 것이 아니라는 뜻이다. 각오했던 일이다.

"아들, 물 마시고 해. 아드을! 내가 너 때문에 산다니까. 호호호."

손수레와 함께 분뇨 더미를 향해 달렸다. 분뇨 더미에 손수레를 엎어버리자 눈앞이 노래졌다. 흘러나오는 똥물만 아니었다면 털썩 주저앉았을 것이다.

"야! 야, 이리 와 봐."

부름 소리에 몸을 돌리자 도민이가 목을 뒤로 젖혀 입에 물병을 박았다. 형수는 보이지 않았다.

"이리 와 보라니까?"

도민이가 소리쳤다. 똥 묻은 손수레를 질질 끌며 도민이에게 갔다.

"마셔!"

도민이가 물병을 내밀었다. 1.8리터 패트병 3분의 2 정도가 비워졌다. 냉장이 되었는지 패트병에서 물이 줄줄 흘렀다. 물병을 받다가 놓쳐버렸다. 물병이 언덕 아래로 데구르르 굴러갔다.

"어떤 새끼들이야?"

도민이가 물었다.

"……."

"어떤 새끼들한테 병신처럼 맞고 다니냐고."

"……."

"벌써부터 듣고 있었다. 병신처럼 맞고 다닌다고."

"다 끝난 일이야."

물병을 집으려고 언덕으로 내려가며 상관 말라는 듯 말했다.

"병신, 끝나는 것이 어딨어."

도민이가 흙 한 줌을 집어던졌다. 절대 고마운 관심이 아니다.

날이 저물기까지 축사 세 칸을 겨우 비웠다. 형이 집으로 들어가자고 했지만 축사에 딸린 작은 방에 묵겠다고 했다. 소들이 새끼를 낳을 때 형이 대기를 하는 방이다. 저녁밥은 어쩔 수 없이 집에 들어가서 먹어야 했다.

"밥 먹고 차 좀 쓸게요. 친구들이 시내에 모인다고 해서."

밥을 먹으며 도민이가 말했다.

"면허증 찾은 지 얼마 안 됐는데 괜찮아? 보험에 아들도 운전자로 올려놓길 다행이네. 호호호."

형의 의사도 묻지 않고 형수가 허락을 해버렸다. 형이 무슨 말인가를 하려다 말았다.

"아빠는 결혼하고도 한참 있다 운전면허증을 땄어. 나보다 5년이나 운전 후배야. 우리 아들은 엄마를 닮았어. 호호호."

형수가 기뻐 죽겠단다. 그 덕에 나도 형수의 눈치에서 조금 벗어나 있지만 말이다. 저녁 식사를 하고 축사로 내려왔다. 저녁이 되자 소똥 냄새가 더 지독해졌다. 운동에 지쳤는지 소들이 조용했다.

"야, 나와라."

도민이가 문을 벌컥 열었다. 씻기 위해 옷을 갈아입는 중이었다.

"에이 씨이, 그냥 나오라니까."

도민이가 화를 내며 발을 움직였다. 신발을 신은 채 당장 방으로 들어와 끌고 나갈 기세였다. 나는 옷에서 손을 빼낸 채로 병신 같은 모습으로 방에서 나왔다. 축사 앞에는 형의 승용차가 세워져 있었다. 도민이가 운전석에 탔다.

"타!"

"……"

"안 들려? 타라니까."

도민이가 눈을 부라렸다. 어쩔 수 없이 조수석을 피해 뒷자리에 앉았다. 그쪽이 훨씬 편했다. 자리에 앉자마자 승용차가 움직였다. 몇 번의 헛손질 끝에 소매에 팔을 끼워 넣었다.

"그 새끼들 잡아놨어."

도민이가 혼잣말처럼 지껄였다. 무슨 소리인가 한참 생각했다.

"네 맘대로 한 번 해 봐. 병신처럼 그렇게 살지 말고."

또 어리둥절해졌다. 그 새끼들이 누구이고 맘대로 해 보라는 것은 무슨 뜻인지.

"대장 새끼가 안정대가 맞나?"

비로소 모든 것이 명확해졌다. 도민이는 친구들을 풀어 정대를 잡아두게 한 것이다. 그리고 그 현장에 나를 끌고 가는 것이다. 어쩌라고.

"세워! 안 가!"

나는 몸을 일으키며 운전을 하는 도민이의 귀에 대고 소리쳤다. 느닷없는 반응에 도민이도 놀라서 승용차를 세웠다. 재빨리 문을 열고 밖으로 나왔다. 도망친다고 도망쳤지만 몇 걸음 못 가서 도민이의 손에 목덜미를 잡혔다.

"병신처럼 왜 그래. 그 새끼들 네 앞에 무릎 꿇려 싹싹 빌게 해 줄 거라고."

"싫어! 정말 싫다고!"

몸부림을 쳤다. 거짓말이 아니라 정대 그리고 놈들을 보는 것이 정말 죽기보다 싫었다. 차라리 이 자리에서 죽으라면 죽겠다.

"죽으라면 죽을게. 그냥 내버려둬."

온 힘을 다해 도민이의 손을 뜯어냈다. 옷이 찢어지면서 도민이의 손이 떨어졌다.

"에이 병신! 병신 같은 놈! 으아악!"

도민이가 짐승처럼 고함을 질러대며 허공을 향해 주먹질을 해댔다. 승용차 앞바퀴가 수로의 턱에 아슬아슬하게 걸려 있었다. 헤드라이트가 비추는 방향은 수로 끝 낭떠러지 허공이었다. 불빛을 보고 낭떠러지 밑에서 날벌레들이 날아오르고 있었다.

"야, 그 새끼들 죽지 않을 만큼 패버려. 오공일 건드리면 다 죽여버린다고 하라고."

도민이가 기다리던 친구들에게 전화를 걸어 고래고래 악을 써댔다.

시시때때로 도민이가 소들을 몰고 나가 축사를 비워주는 바람에 일이 쉬웠다. 3일 만에 축사 한 동의 청소를 다 마쳤다. 온몸이 부서질 듯 아팠다. 시내 동행을 거부한 이후 도민이는 눈길 한 번 안 주었다. 그것이 오히려 편했다.

"송아지 축사는 천천히 해도 되니까 오늘은 좀 쉬어라."

점심 식사를 하면서 형이 말했다. 아침 일찍 도민이를 합숙소로 보낸 이후, 형수의 기분은 영 말이 아니다. 밥상만 차려놓고 방에 들어가 나오지 않았다.

"도민이도 참 불쌍한 놈이다."

형이 뜬금없이 말했다.

"소들 운동시키는 것 봤지? 거기서 스트레스를 푸는 모양 같더라. 저라고 왜 힘든 것이 없겠냐. 어릴 때부터 떨어져 있었으니."

형의 목소리에 힘이 없었다. 도민이는 초등학교 때부터 축구를 했다. 그때부터 집에 있는 날보다 밖에 있는 날이 더 많았다. 점심 식사를 마치고 축사로 내려오는데 빗방울이 떨어졌다. 빗방울이 점점 굵어지더니 소나기로 바뀌었다. 힘껏 뛰었지만 소용없었다. 몸이 으슬으슬 춥더니 재채기가 튀어나왔다. 방문 앞에서 옷을 벗었다. 어느새 속옷까지 흠뻑 젖었다. 속옷까지 벗어버리려고 하는데 무엇인가가 축사로 뛰어들었다. 금주였다. 금주와 나는 서로를 한참 동안 빤히 쳐다보았다.

"야!"

먼저 정신을 차리고 소리를 친 것은 나였다. 깜짝 놀라 후다닥 방으로 뛰어들었다.

"야, 오공일. 나 변태 아니다 알았지? 너무 갑작스런 일이라 상황 판단이 안 선 거야. 너도 그렇지 않았냐?"

맞는 말이다. 서로 상황 판단이 안 된 것이다.

"그런데 볼 것은 없네. 호호홋!"

금주가 웃었다. 얼른 젖은 속옷 위에 겉옷을 입었다. 바지를 꿰

다가 몸에 감기는 바람에 뒤로 넘어졌다. 넘어지면서 벽에 머리를 부딪쳤다. 정신이 혼미해졌다.

"누가 잡아먹냐? 참 요란도 떤다. 호호홋!"

금주가 방문을 두드리며 끝까지 장난을 쳤다. 쓰러진 채 발에 바지를 꿰었다. 아쉬운 대로 가릴 것은 다 가렸다.

"수건이나 있음 가지고 나와라."

금주도 비를 쫄딱 맞은 듯했다. 수건을 찾으려다가 책상 위를 보았다. 채찍이다. 도민이가 소를 운동시킬 때 쓰던 채찍이 거기 있었다. 목장에 있는 동안 채찍은 도민이의 손에서 한 번도 떠나지 않았다. 밥을 먹을 때에도 식탁 위에 놓고 먹었다. 그런 채찍을 도민이가 잃어버렸다는 것은 상상이 안 됐다. 그것도 내가 기거하는 방에. 일부러 갖다놓지 않고는 있을 수 없는 일이었다.

"뭐 하냐? 얼른 수건 달라니까."

금주가 보챘다. 수건을 챙기고 방문을 열었다. 한 손에 도민이의 채찍을 든 채로. 금주도 수건보다 나의 손에 들린 채찍에 먼저 눈길이 머물렀다.

"그것 도민 오빠 보물 1호인데?"

금주도 알고 있었다.

"설마, 도민 오빠가 너 준 것은 아니지?"

금주가 수건을 받아 머리에 묻은 물기를 닦으면서 물었다.

"그것 도민 오빠의 부적이나 마찬가진데. 이상하다?"

금주가 수건을 목에 걸고 손을 내밀었다. 금주에게 채찍을 넘겼다.

"이렇게 경기에 나가기 전에 허벅지를 때린다고 했어. 그러면 기운이 난다나 어쩐다나."

금주가 채찍으로 자기의 허벅지를 때리며 말했다. 금주의 얼굴이 구겨졌다. 아픈 모양이다.

"아마 찾으러 올지 몰라. 잘 보관해둬."

금주가 채찍을 도로 주었다. 채찍을 받아 금주처럼 허벅지를 때려 봤다. 눈물이 핑 돌도록 아팠다.

"참, 우공일이는 잘 있냐?"

금주가 물었다. 설마 녀석도 휴일, 그러니까 나이 든 어른들이 말하는 공일에 태어난 것은 아닐까? 내 이름이 그랬으니까. 아이들이 나를 죄수 번호를 부르듯 501호라고 놀렸다. 한번은 엄마에게 왜 이름을 그렇게 지었느냐고 따졌다.

"아버지가 공일에 태어났다고 그렇게 지었다."

엄마의 대답은 간단했다. 엄마가 말한 공일이 무슨 뜻인지 몰랐다. 나중에 알고 보니 아버지는 토요일을 반공일, 일요일을 공일이라고 불렀다. 그러니까 나는 일요일에 태어난 것이다. 이름까지도 참 무성의하게 지었다. 국경일에 태어났더라면 분명히 개천이나 광복이 또는 삼일이라는 이름을 얻었을 것이다.

"……"

"그 녀석, 참 4차원이야 그치?"

금주가 내 얼굴을 빤히 쳐다보며 빙글빙글 웃었다. 4차원은 4차원이겠다. 도민이가 녀석을 축사에서 끌어내리려다 포기한 것을 보면. 그런데 나는 아니다. 녀석은 축사에서 양심적으로 구석에 똥을 눈 몇 녀석 중의 하나였다. 금주가 물기를 대충 닦고 축사 통로를 걸어갔다. 소들이 내 손에 들린 채찍을 보더니 뒷걸음질을 쳐댔다. 어떤 녀석은 머리를 내저으며 질색을 했다.

"내가 여기에 있는 소들을 한 번씩 다 타봤는데 말야."

금주가 머리를 내밀고 혀를 날름거리는 소의 입을 툭 치며 말했다.

"우공일 저 녀석만 못 타봤단 말야. 워낙 덩치가 작아서 자기가 겁을 내는 것이겠지. 호호홋!"

금주가 증명이라도 하려는 듯 축사를 훌쩍 뛰어넘어 순식간에 쇠등에 올라탔다. 움찔하던 소가 금주의 옆구리 발길질에 긴장을 풀고 움직였다.

"이 녀석이 제일 편안해. 승용차로 치면 BMW쯤 되겠다. 호호홋!"

금주가 소를 축사 난간으로 능숙하게 몰고 와 등에서 내렸다. 금주를 내려 준 소가 머리를 내밀었다.

"땡큐!"

금주가 소의 볼을 툭툭 두드려주었다. 금주와 나는 우공일 앞에까지 왔다. 역시 녀석은 눈치를 보며 뒷걸음질을 쳤다.

"저, 저것 봐. 저런다니까?"

금주가 또 축사를 뛰어넘을 듯했다. 얼른 금주의 옷자락을 잡고 말렸다.

"요 녀석하고 저 녀석하고 동갑이거든? 봐라. 키와 몸집이 3분의 2 정도 차이가 나잖아. 저렇게 까칠하니까 크지 않는 거야."

금주는 모른다. 키 그리고 덩치는 성격과 무관하다는 것을.

"더러워 안 탄다. 기껏 해 봐야 다마스 정도 되겠지 뭐."

금주가 녀석을 향해 주먹을 들어 올리며 말했다. 그러거나 말거나 녀석은 금주를 향해 아예 몸을 돌려버렸다.

"금주 왔구나?"

형이 축사에 나타났다. 밖을 보니 비가 그쳤다. 햇살이 축사 안으로 비스듬히 비껴들었다.

"금주는 요즘 우리 목장보다 유진양계장에 더 많이 가는 것 아니냐? 그럼 내가 서운한데."

금주는 양계장까지 가서 일을 돕는 모양이다.

"좀 그랬죠? 이제 여기에 더 많이 올게요."

금주가 그네를 타듯 형의 팔에 매달렸다.

"참, 그 채찍 도민이에게 갖다 줘라. 꼭 너를 보내라고 하더라."

형이 말했다.

"것 봐. 내가 도민 오빠가 찾을 거라고 했지? 나도 같이 갈까?"

금주가 또 앞질러 간다.

"공일이 혼자 보내라더라. 송아지 예방접종 해야 하니까 금주
가 좀 도와주고."

형이 금주를 붙잡았다. 옷을 갈아입고 축사를 나서는데도 금주
는 미련을 못 버리고 졸졸 따라왔다. 형수가 등산 배낭을 들고 허
겁지겁 뛰어왔다.

"장어 달인 건데 잘 갖다 줘. 쓸데없이 다른 곳으로 새지 말고.
엄마가 저를 얼마나 끔찍하게 생각하는데 그것도 모르고……."

형수가 훌쩍거리며 두 손으로 배낭끈을 벌렸다. 어서 등을 대
라는 뜻이다. 나는 어색하게 등을 디밀고 난처하게 배낭을 받았
다. 장어가 꿈틀대는 것 같아 등이 몹시 간지러웠다.

"오늘 올 거지?"

금주가 물었다.

"뭐가 급하다고 서둘러 와. 늦으면 집에서 자면 되지."

형수가 대신 대답을 해줬다. 안 그래도 그럴 생각이었다. 도민
이의 합숙소는 버스를 타도 두 시간은 가야 하는 곳이었다.

"내가 가도 되는데 하필 왜 쟤한테 가져오라고 하는지 몰라. 둘
이 친하지도 않으면서."

형수의 투덜거리는 소리가 뒤를 따라왔다. 내가 하고 싶은 말
이었다. 웃기는 자식, 그깟 채찍이 뭐라고 쉬려고 하는데 생고생
을 시킨다. 더군다나 형수까지 합세를 하여 짐꾼 취급을 하고. 목

장을 내려오면서 길가의 풀들을 향해 채찍을 휙휙 날렸다. 개망초의 꽃송이들이 채찍을 맞고 눈송이처럼 날았다.

버스에 타자마자 잠이 들었나 보다. 눈을 뜬 것은 잠결에 소똥 냄새를 맡고 나서였다. 깜짝 놀라 옷에 코를 대고 킁킁 냄새를 맡았다. 내가 맡아도 소똥 냄새가 났다. 다행히 옆자리가 비어 있었다. 족히 한 시간은 넘게 잔 것 같았다. 버스가 멈추자 학생들이 우르르 올라탔다. 밖을 보니 고등학교 앞이었다. 담 너머로 트랙터가 보이고 몇 동의 유리 온실에서 햇살이 반사되고 있었다. 농업고등학교인 것 같았다. 수업이 끝난 듯했다. 비어 있던 옆자리에 학생들이 가방을 차곡차곡 쌓았다. 버스는 발 디딜 틈이 없이 만원이 되었다.

"야, 누가 축사 청소했냐?"

곱상하게 생긴 여학생은 짙은 화장에 속눈썹까지 붙였다. 교복만 입었다 뿐이지 아가씨나 다름없었다. 여학생의 말에 버스에 타고 있던 모든 학생이 코를 킁킁거렸다.

"아, 존나 짜증. 축산과 새끼들 잡아내!"

여학생이 소리를 빽 질렀다. 버스 뒤에서 한 명의 남학생이 끌려 나왔다. 남학생은 키가 나만 했고 덩치도 나와 비슷했다.

"난 아니라니까? 청소 안 했다니까?"

남학생이 겁을 먹고 우는 소리를 냈다.

"새끼, 죽여버려!"

여학생의 명령에 두 명의 여학생이 남학생의 배에 주먹을 꽂았다. 비좁은 공간에서 질러대는 주먹질이 예사 솜씨가 아니었다. 내가 맞은 듯 숨이 턱 막혔다. 기어이 남학생이 다음 정거장에서 추방되었다.

"아저씨, 말 타세요?"

갑자기 여학생이 물었다. 여학생의 눈은 내 손에 들려진 채찍을 보고 있었다. 학생들의 눈이 전부 내게로 쏠렸다. 여학생이 아저씨란다. 교복을 입지 않고 스포츠 모자를 썼으니까 그랬을 것이다.

"채찍 한 번 봐도 되죠?"

여학생이 손을 내밀었다. 채찍을 든 손에 힘이 들어갔다. 손바닥에 땀이 축축하게 괴었다.

"비싸게 구시네. 한 번 보자니깐."

여학생이 채찍을 빼앗았다.

"짝! 짝!"

여학생이 학생들에게 채찍을 날렸다. 학생들이 비명을 질러댔다. 채찍을 빼앗으려 해도 옆자리에 쌓인 가방이 쓰러지면서 몸을 짓눌렀다.

"멋지다! 내가 말을 좀 타거든요? 그런데 이런 채찍은 처음 봐요. 착착 감기는 것이 짱 죽인다. 아저씨, 말 타세요?"

여학생이 다시 물었다. 어쩔 수 없이 머리를 끄덕거렸다.

"와아! 죽인다. 내가 그럴 줄 알았다니까. 척 보니까 아저씨 몸이 딱 기수라니까."

여학생의 말에 학생들이 내 몸을 흘끔거리기 시작했다. 마치 발가벗긴 채 꿈틀거리는 장어 속에 던져진 느낌이었다.

"이 정도 채찍을 가졌다면 완전 고수인데 내가 달라고 해도 안 줄 테고……."

여학생이 입맛을 다셨다. 맞다. 절대 그럴 수는 없었다.

"달라고나 해 보지."

다른 여학생이 부추겼다.

"아니? 그럴 수는 없지. 고수에 대한 예의는 지켜야지."

여학생이 두 손으로 공손하게 채찍을 넘겨주었다. 그 사이 도민이의 합숙소가 있는 정류장 안내 방송이 나왔다. 나는 앉은 채로 바닥에 놓인 배낭을 들었다.

"야, 우리 고수님 내리시려나 보다. 얼른 길을 터라."

여학생의 말에 몸을 짓눌렀던 가방들이 하나둘 치워졌다. 그리고 출입문으로 나가기 좋게 길이 터졌다. 등에 땀이 줄줄 흘렀다.

"귀여운 기수 아저씨, 안녕!"

버스에서 내리자 여학생들이 창문을 열고 합창을 했다. 여학생을 향해 채찍 든 손을 흔들었다.

까르르르~.

정류장에 여학생들의 웃음소리가 자갈처럼 깔렸다.

그 녀석, 우공일

도민이가 펄펄 날아다녔다. 빗나가는 태클도 없었고 누구한테도 환상적인 드리블을 방해받지 않았다. 운동장을 누비는 선수들 중에 도민이가 단연 돋보였다.

"삐익!"

호각이 길게 울렸다. 나를 발견한 도민이가 물병을 입에 박으며 천천히 걸어왔다. 도민이는 벤치 앞에 와서 나머지 물을 머리에 쏟아 붓고 흔들었다. 매큼한 땀 냄새와 함께 물방울들이 얼굴에 날아들었다. 도민이가 손을 내밀었다. 들고 있던 채찍을 얼른 넘겨주었다.

"짝! 짝!"

도민이가 채찍으로 자기의 허벅지를 갈겼다. 그 정도의 세기면 당연히 맨 허벅지에 시뻘겋게 자국이 남을 만하다. 그러나 자국은커녕 도민이의 허벅지에서 채찍이 경쾌하게 튀었다.

"이것도……."

나는 배낭을 들었다. 장어 다린 것이라고 말을 해줘야 될 것 같았다. 형수가 꼭 전해주라는 말도.

"너나 먹어."

도민이는 진즉 알고 있었나 보다. 시큰둥한 태도로 봐서 배낭을 전달해도 절대 먹지 않을 듯했다.

"오늘 훈련 끝이니까 저기 숙소 302호에 가 있어. 자고 가."

뜻밖이다. 지금 떠나도 넉넉하게 목장까지 갈 수 있다. 아니지, 오늘은 집으로 갈 것이다. 빚진 것을 다 갚을 때까지 가급적 형수의 말을 따라야 했다.

"가, 가야지."

당황한 나는 말을 더듬어버렸다.

"씨발! 자고 가라는 말 안 들려?"

도민이가 소리를 치며 물병을 벤치에 팽개쳤다. 물병이 갈라지면서 산산조각 나 버렸다.

"한도민, 뭐야? 왜 그래?"

선수 하나가 뛰어왔다.

"오늘 다른 방에서 자. 저 자식, 자고 가야 되니까."

같이 숙소를 쓰는 룸메이트인 모양이다. 도민이가 채찍으로 자기의 손바닥을 때리며 자리를 떴다.

"새끼, 성질 한번 더럽네. 오늘 왜 저러는지 몰라. 근데 누구지?"

선수가 물었다.

"그, 그냥."

뭐라고 해야 할까? 오공일이라고 이름을 댈 수도 없고, 도민이의 삼촌이라고 할 수도 없고 또 쉽게 동생이라고 할 수도 없다.

"동생이냐? 동생이 있다는 말 못 들었는데? 그럼 누굴까?"

선수가 집요하게 물었다.

"그, 그냥 목장에서 심부름하는……."

심부름꾼이라고 둘러댔다. 확인을 시켜주기 위해 배낭까지 들어 보이면서. 현재로서는 아주 적절한 답변이었다. 도민이가 배낭을 들고 갔더라면 나는 심부름꾼의 임무를 다하고 뒤도 안 돌아보고 떠났을 것이다.

"그럼 가봐!"

실망을 했는지 선수가 턱짓으로 숙소를 가리켰다. 할 수 없이 배낭을 들고 도민이의 숙소를 향해 걸어갔다. 숙소는 병실처럼 단출했다. 침대 두 개와 냉장고 한 개, 그리고 옷장. 짐도 풀지 못한 채 운동을 시작했는지 불룩한 가방이 그대로다. 그 옆에 뱀 허물처럼 늘어져 있는 청바지와 뒤집혀버린 티셔츠. 나는 배낭을 든 채 한참 동안 방 안 풍경을 살폈다. 서늘한 냉기가 방 안에 돌았다. 자고 가라고? 왜? 두 가지 의문이 한꺼번에 떠올라 몸을 사정없이 조였다. 전혀 그럴 이유도 없었고 그렇게 하고 싶지도 않았다. 도민이의 가방 옆에 배낭을 나란히 놓았다. 배낭이 스르르 가방 쪽으로 쓰러졌다. 됐다. 심부름꾼이 제대로 심부름을 마친 것이다.

나한테 '야'라는 호칭, 그렇게 부를 수 있다. 놈들에게 맞고 다닌다고 '병신'이라고 해도 좋다. 그런데 대놓고 '씨발'이라니. 아무리 엿같이 꼬여버린 족보라지만 아닌 것은 아닌 것이다.

"퉤!"

숙소에서 나오면서 침을 뱉었다.

"망할 자식! 노숙을 하면 했지 안 잔다."

소리 내서 입가심으로 시원하게 욕을 해 줬다.

"야, 너 뭐야?"

목소리가 참 더럽다. 돌아보니 생김새도 헐크였다. 유니폼을 입은 것을 보니 경비원쯤 되겠다. 눈을 번득이며 아래위로 훑어보는 낌새가 완전히 도둑 취급이었다. 결백을 증명하듯 두 손을 탈탈 털어 보였다.

"왜 숙소에서 나오느냐 말야."

그래도 못 믿는 눈치였다.

"아저씨, 왜요?"

도민이다. 샤워를 하고 왔는지 목에 젖은 수건을 걸고 있었다.

"쓸데없이 숙소에서 어슬렁거리는 것이 도둑 같아서 잡고 있었지."

어슬렁거린 적도 없었고 잡혀 있지도 않았다.

"숙소에 가만히 처박혀 있으랬잖아. 왜 돌아다니고 난리냐. 따라 들어와."

경비원이나 도민이나 똑같았다. 도민이가 나를 무시하며 숙소로 향했다. 화가 머리끝까지 치밀어 몸을 돌렸다. 뛰고 싶었지만 꾹 참았다. 달리다 잡히는 것보다 걷다 잡히는 것이 폼이 난다. 채 다섯 발자국도 못 떼었을 거다. 도민이의 손이 목덜미를 움켰다. 각오했던 일이다. 도민이가 앞장을 섰다. 내가 가고자 하는 방향이었다.

"좀 놔!"

반항으로 몸부림을 쳐 봤지만 헛수고였다.

"놓으라니깐?"

다시 시도를 했지만 마찬가지였다. 그 사이 개처럼 끌려가 합숙소의 정문을 지나고 플라타너스 가로수가 우거진 진입로로 들어섰다. 가로수 그늘이 동굴 속처럼 어둑했다.

"씨발! 놔달란 말야. 새끼야."

참고 참다 비참한 마음에 목구멍이 터지도록 소리쳤다. 욕을 해댔다. 후련했다. 그러자 몸이 도민이의 손에서 풀려나면서 가로수 그늘에 내동댕이쳐졌다. 도민이가 내 옆에 털썩 주저앉았다. 도민이가 숨을 헐떡거렸다. 헐떡임은 몸이 힘들어 나오는 소리가 아니었다. 화를 참을 때 깊은 곳에서 올라오는 소리였다. 나도 그쯤은 알았다. 나도 지금 그런 상태니까.

"잘했다. 그렇게 소리치며 살란 말이다. 욕하고 싶으면 하고."

도민이가 말했다. 용기를 가상하게 여긴다는 뜻이었다. 참 웃기는 여유다.

"……."

"나도 힘들어 죽어보려고 했다. 그런데 힘들어 죽는 것하고 그냥 죽는 것하고 다른 것 같더라. 그래서 기왕이면 힘들다 죽겠다고 결심했다. 그랬더니 살아지더라."

장난치냐? 그만한 부모, 그만한 배경, 그만한 능력에……. 앞길을 고속도로로 뻥 뚫어놓고.

"네 자신한테 냉정하게 물어봐라. 17년 동안 네가 한 일이 뭐냐고. 정말 어떤 일에 죽을 만큼 버르적거린 적 있었느냐고."

웃기지 마라. 놈들에게 시달림을 받을 때, 늙고 힘없는 엄마를 볼 때, 거울에 비친 내 모습을 볼 때. 나는 존재하지 않았다. 물어볼 내가 아무 곳에도 없었다.

"풋!"

말 같지 않아 헛웃음이 입꼬리를 들추며 삐져나왔다.

"푸흐흐, 푸흐흣."

웃음이 멈춰지지 않았다. 멈추고 싶은 마음도 없었지만 말이다.

"짝!"

갑자기 도민이가 채찍을 들어 내 허벅지를 내리쳤다. 채찍이 허벅지 깊숙이 파고들었다. 아픔은 한참 후에 밀려와 온몸을 갈기갈기 찢어 버렸다.

"악!"

나는 비명을 지르며 뒹굴었다.

"가져라! 선물이다."

도민이가 몸을 일으키면서 채찍을 내게 던졌다. 그리고 나무 그늘을 벗어나 곧게 뻗은 도로로 내려섰다. 햇살이 도민이의 몸을 삽시간에 삼켜버렸다. 도민이가 합숙소로 돌아가고 나서 한참 동안 나무 그늘에 남았다. 채찍으로 내려친 자리, 바지 위로 피가 서서히 배어 나왔다. 살이 터져버렸나 보다.

어둑어둑해질 무렵 목장에 도착했다. 소들도 저녁밥을 다 먹은 후였다. 형이 축사의 출입문을 굳게 잠그고 집으로 올라갔다.

"오옥!"

축사를 지키던 늙은 개가 흐지부지 짖음을 그만두었다. 축사를 지킨다는 말은 취소다. 늙은 개는 그냥 거기에 있었으니 있는 거다. 없다고 해도 하나도 아쉬울 것이 없는 물건처럼. 늙은 개가 땅바닥에 몸을 널브러뜨렸다. 묽은 소똥 같았다. 나는 다리를 절룩거리며 축사를 돌았다. 어떻게 하든 축사 안으로 들어가야만 했다. 다행히 뜯겨진 부직포 사이로 휘어진 쇠파이프가 보였다. 원래 구멍이란 머리만 들어가면 몸이 따라갈 수 있었다. 다 경험에서 터득한 일이었다. 사실은 몸이 작은 탓이겠지만 말이다. 벽돌 몇 장을 옮겨 와 발디딤을 만들었다. 그리고 부직포 사이로 손을 집어넣어 쇠파이프를 잡고 매달렸다. 몸이 흔들려 머리에 구멍 조준이 어려웠다. 어렵게 구멍에 머리를 집어넣었다. 푸른빛이 나는 커다란 눈이 빤히 쳐다보고 있었다.

"으악!"

깜짝 놀라 구멍에서 머리를 빼냈다.

"저리 가! 저리 가!"

구멍 속에 채찍을 넣고 이리저리 휘둘렀다. 채찍이 위잉위잉 울었다. 채찍에 걸리는 것이 없었다. 다시 조심스럽게 머리를 디밀었다. 물구나무를 서듯 몸을 거꾸로 세우며 어렵게 구멍을 통과했다. 소똥을 짚을 것이라는 예상을 했지만 손바닥이 뽀송뽀송했다. 마지막으로 다리를 빼내 바닥에 내려놓았다. 몸을 일으키자 소가 빤히 지켜보고 있었다. 우공일, 그 녀석이었다.

"내가 그럴 줄 알았다."

참 멋쩍었다. 그래서 이렇게 중얼거리고 말았다. 우공일이나 하니까 쇠파이프를 휘어서 부직포에 구멍을 내놓았을 것이다. 구멍 신세를 지지 않았다면 뺨이라도 한 대 얻어맞았을 짓이었다. 모르는 척하며 녀석을 지나쳐 축사 통로로 나왔다.

"옴모!"

그때서야 녀석이 통로 쪽으로 쫓아오며 아는 척을 했다. 녀석이 혀를 길게 빼어 콧구멍 속으로 밀어 넣었다.

"자식아! 더러워."

나는 녀석의 볼을 툭 때렸다. 녀석이 콧구멍 속에 박은 혀를 얼른 빼내더니 내 손등을 싹 핥았다. 까끌까끌한 느낌이 오싹 소름을 돋게 했다.

"이 자식 봐라?"

다시 한 번 녀석의 볼을 툭 때려보았다. 기다리고 있었다는 듯 녀석의 혀가 손등에 감기듯 달라붙었다. 이번에는 더 빨랐다. 녀석의 눈이 반짝거렸다.

"이 자식 참 웃기네. 후훗!"

오랜만에 소리를 내어 웃었다. 일부러 소리를 내려고 한 것이 아닌데 말이다. 네가 이래도? 나는 허리춤에 꽂은 채찍을 뽑아들었다. 당연히 녀석이 뒷걸음질을 칠 줄 알았다. 그런데 녀석은 서 있는 채로 슬쩍 목을 비틀어 옆구리를 내보였다. 때리려면 옆구리를 때리라는 듯.

"진짜 웃기네."

그렇다고 때릴 수 없었다. 대신 나는 녀석의 등에 한 번 올라타고 싶었다. 금주가 유일하게 타보지 못했다는 녀석의 등을 말이다. 그런 생각을 하자 가슴이 두근거렸다.

"한 번 태워줄 거야?"

녀석에게 물었다. 녀석이 자세를 흐트러뜨리지 않았다. 축사 난간에 올라 발을 걸치면 곧바로 녀석의 등이었다. 나는 채찍을 한 손에 쥔 채 조심조심 난간 대에 올라섰다. 두 발이 바르르 떨렸다. 나는 오른쪽 발로 몸의 중심을 잡으며 왼쪽 발을 난간 대에서 떼어 녀석의 등을 향해 뻗었다. 왼쪽 종아리가 녀석의 등이 걸렸다. 약간의 몸무게가 실리자 녀석이 몸을 움찔거렸다. 나는 오른쪽 발에 실린 몸무게를 천천히 왼쪽 발로 옮겼다. 그리고 허벅지 안쪽으로 녀석의 등을 미끄러뜨려 받았다. 비로소 가랑이 가득 녀석의 등이 들어찼다.

"후우!"

참았던 숨을 몰아쉬었다. 그러나 안심을 하기는 일렀다. 엉덩이를 뒤로 빼고 상체를 녀석의 어깻죽지에 붙였다. 그렇게 하자 녀석이 슬슬 걸음을 떼었다. 녀석의 목을 힘껏 끌어안았다. 녀석은 나를 태우고 축사를 돌았다. 굉장히 조심스러웠고 얌전했다.

툭, 툭, 툭!

녀석이 앞발을 움직일 때마다 어깻죽지가 실린더처럼 올라와 가슴을 때렸다. 이상하게 가슴이 시원해지면서 두근거림도 가라앉았다. 좀 더 빨랐으면……. 그것이 좀 불만이었다. 채찍으로 가볍게 녀석의 엉덩이를 때려보려고 했다. 그러나 손이 짧아 채찍이 내 허벅지를 때렸다. 도민이가 때린 그 자리였다. 눈물이 찔끔 나오도록 아팠다. 아파도 또 때렸다. 자꾸 때렸다. 뭉글한 울음이 가슴에 퍼지더니 걸쭉하게 목을 타고 올라왔다.

"흑흑흑!"

나는 녀석의 등에 얼굴을 묻고 마음껏 느껴 울었다. 실컷 울고 난 후 녀석의 등에서 내렸다. 녀석의 어깻죽지에 호떡 넓이만큼 울음의 흔적이 남았다. 녀석이 쉬려는지 다리를 접고 바닥에 누웠다.

"아저씨 말 타세요?"

갑자기 버스 안에서 묻던 여학생의 목소리가 떠올랐다.

"소는 한 번 타 봤는데요."

기억이 현실인 것처럼 사실대로 대답을 했다.

"내가 그럴 줄 알았다니까. 척 보니까 아저씨 몸이 딱 기수라니까."

다시 여학생의 목소리가 떠올랐다.

"정말요?"

기분이 좋아져 큰 소리로 물었다. 가끔 스포츠 신문에서 보았던 기수의 사진들이 눈앞을 휙휙 지나쳤다. 말을 타고 달리면 어떨까? 날아가겠지? 날아갈 거야.

그 자리에서 다리를 벌려 무릎을 굽히고 엉덩이를 뒤로 적당히 뺐다. 가랑이에는 방금 전에 느꼈던 녀석의 등으로 가득 채우고. 눈을 감자 슬슬 움직임의 느낌이 왔다. 움직임은 바람 같았다. 그러더니 큰 물결처럼 온몸을 휘감기 시작했다.

"이랴! 이랴!"

눈을 번쩍 뜨고 채찍을 마구 휘둘렀다. 출렁거리던 물결이 산을 뛰어넘는다. 평야를 질주한다. 그 기세를 몰아서 홀린 듯이 녀석이 뚫어놓은 좁은 구멍을 통해 다시 축사 밖으로 빠져나왔다. 깜깜한 하늘에 눈썹달이 하얗게 떠 있었다.

시내로 나와 PC방으로 갔다. 시간은 벌써 밤 11시가 넘어가고 있었다. 컴퓨터를 켜자마자 기수를 검색했다. 시험문제를 받아 든 듯 가슴이 두근거리고 입안이 깔깔하게 말랐다. 검색 결과가 셀 수 없이 올라오기 시작했다. 수험생처럼 기사 하나하나를 꼼꼼하게 읽어갔다. 기사들이 바늘로 찌르듯 머릿속에 쏙쏙 들어와 박혔다. 놀라움과 신기함이다. 젠장, 학교 공부가 이랬더라면 일등을 했을 거다.

"야, 오공일."

누군가 간지럽게 귓가에 속삭였다. 돌아보니 영태다. 정대에게 찰싹 붙어먹던 두 놈 중의 하나. 마지막까지 나를 쫓던 놈 중의 하나. 영태는 주위를 힐끔거리며 경계를 했다.

"호, 혼자냐?"

영태가 계속 귓속말이다. 의자를 옆으로 밀며 떨어져 앉았다. 긴장할 필요는 없었다. 영태의 행동으로 보아 정대는 여기에 없는 거다. 정대가 있다면 벌써 영태의 주먹이 내 뒤통수에 꽂혔을 것이다. 패거리에서 영태의 임무는 선제공격이다. 영태의 덩치는 나와 별로 차이가 없었다. 나와 다른 것이 있다면 집이 부자라는 것, 결론적으로 영태는 정대의 돈줄이었다.

"너, 운동하는 형 있냐?"

영태가 의자를 바짝 끌어다 붙였다. 운동과 형? 도민이 이야기일 거다. 도민이가 운동을 하니까 친구들도 운동을 했겠지. 오공일 건들면 죽여버린다, 죽지 않을 만큼 패 버리라고 도민이가 소리를 쳤었다.

"정대가 상만이 작살을 내놨어. 이빨이 세 개 부러지고……. 정대가 경찰에 잡혀갔어."

상만이도 영태와 똑같은 처지였다. 그놈은 덩치가 곰처럼 컸다. 상만이는 정대의 방패 역할이다. 보나마나 도민이의 친구들에게 가장 많이 맞았을 것이었다.

"너의 형들에게 먼저 잡혀 자기를 불러냈다고……. 너를 놓쳤다고……."

영태가 우는 소리로 그때의 상황을 풀어놓았다. 상만이가 정대에게 맞을 만한 충분한 이유였다.

"먼저 때린 것이 죄가 크다더라. 나는 항상……."

그래, 항상 네가 먼저 때렸지. 때리고 나서 뒤로 물러서 낄낄대다가 나중에 수고했다며 패거리들을 배 터지게 먹여 살렸다.

"나는 정대가 시켜서 상만이를 먼저 때렸어. 경찰이 잡으러 올까 봐 집에 못 갔어."

그래서 어쩌라고, 비켜줄래? 상대해줄 마음이 눈곱만큼도 없었다. 영태에게 등을 돌리고 다시 컴퓨터 화면을 들여다봤다.

"요즘 L.O.L이 인기인데 가르쳐줄까? 게임머니도 빵빵하게 충전시켜놨는데."

또 돈 자랑, 돈 지랄이다. 클릭해놓은 동영상이 열리지 않았다면 영태를 벌컥 떠밀었을 것이다. 화면 속에서 11마리의 말들이 발주대를 박차고 뛰어나갔다. 카메라가 스탠드를 훑으며 말보다 더 흥분하는 사람들의 얼굴을 한꺼번에 쓸어담았다. 사람들의 함성 소리는 컴퓨터의 내장 스피커로는 다 받아내지 못할 정도였다. 사람들에 대한 화면 할당은 거기까지였다.

뽀얀 먼지와 함께 한 무리로 뒤섞이던 말들이 직선 주로에서 서서히 정리가 되어 갔다. 카메라가 8번 마를 정확하게 포착하여 집중적으로 쫓았다. 고난도의 촬영 기술이다. 어느 순간 8번 마의 몸동작 하나가 편집의 기술로 분해되고 다시 조립되었다. 잘해봐야 3, 4초? 그것은 뛰는 모습이 아니라 날아오르는 동작이었다. 비명과도 같은 함성이 효과음으로 깔리면서 8번 마가 앞으로 치고 나가 선두 자리를 차지했다. 화면 편집은 그 순간을 또 잡았다. 이번에는 말이 아니라 기수였다. 8번 마와 똑같이 8번 번호를 등에 단 기수. 느린 화면으로 분해되는 기수의 몸동작은 날갯짓 그 자체였다. 그것도 잘해봐야 3, 4초였다. 8번 마는 1위로 결승선을 통과했다. 손에 땀을 쥐게 하는 경마 동영상이었다. 동영상은 너무도 짧은 1분 20초짜리였다.

"와! 8번 마, 짱 멋있다."

영태가 말에게 관심을 보였다. 솔직히 나는 기수가 더 멋있었다. 말과 한 몸이 되더니 어느 순간 말의 날개가 되어버리는 기수의 몸동작에 온몸에 쪽 소름이 끼쳤다.

"후우!"

참았던 숨을 길게 내쉬며 가슴을 쓸어내렸다.

"너도 쫓겨났지? 갈 데 없지? 학교 그만두더니 벙어리가 됐냐?"

얄미운 자식, 나 같으면 미안해서라도 그런 말 못한다. 다시는 안 보겠다고 끝장을 내버린 일인데 연결을 시킬 필요가 없었다. 대꾸라도 몇 마디 해줬다가는 또 학교에 가서 눈덩이처럼 소문을 부풀릴 것이다. 마음 같아서는 한쪽 구석으로 끌고 가 반죽음을 시키고 싶다. 책상 위에 놓인 채찍을 힘주어 잡았다가 놓았다. 그럴 가치가 없었다.

"배 안 고프냐? 배고픈 것 같은데? 사줄까?"

돈 없지? 그 소리와 같다. 계산대로 가서 보란 듯이 주머니를 뒤집어깠다. 5만 원권이 나왔다. 엄마가 검정고시 준비를 하라며 책값으로 찔러준 돈이었다. 건물 청소부 엄마의 하루 일당이었다.

"나랑 같이 좀 있지."

영태의 목소리에 울음이 섞였다. 이제 접근할 명분이 전혀 없는 것을 깨달은 모양이다. 영태가 입구까지 쫓아 나왔다. 영태가 보란 듯이 옆 건물 PC방으로 향했다. PC방 입구에 들어서면서 나는 채찍을 힘껏 휘둘렀다. 달라붙던 영태가 떨어져 나갔다. 컴퓨터에 앉아 다시 기사를 검색했다.

기수 후보생 모집!

응시 자격으로 더러브렛 과정은 만 16세 이상 만 22세 이하(제주마 과정은 만 16세 이상 만 25세 이하)의 남녀로 신장 168cm 이하, 체중 49kg 이하, 나안시력 좌우 0.3 이상이어야 한다.

신문기사에 눈이 번쩍 떠졌다. 이하였다. 키도 그랬고 몸무게도 그랬다. 내 키와 내 몸무게가 모집 조건의 범위에 있었다. 이상을 원해도 이하를 원하는 곳은 드문 일이다. 하다못해 아르바이트 자리도. 내 나이가 만으로 16세, 딱 들어맞는 자격이었다.

"너 기수 하려고?"

진드기처럼 영태가 또 달라붙었다. 대꾸할 필요가 없었다. 입안에 침이 저절로 고였다. 서둘러 기수 교육원의 홈페이지를 찾아 들어갔다. 학력이 걸려 있다면 다 꽝이었다. 가슴이 조마조마 했다. 마우스를 움직이는 손이 가볍게 떨렸다. 비어 있는 왼손으로 채찍을 꽉 잡았다. 없다.

"내 친구도 기수를 한다고 준비하고 있는데. 소개해줄까?"

관심을 끌려고 별짓을 다한다. 영태의 말을 무시하고 응시 자격 메뉴를 뒤졌다. 눈을 비비고 찾아봐도 학력 제한의 내용은 없었다. 당장이라도 전화를 걸어 확인하고 싶었다. 마침 지원서 접수기간 중이었다. 그래서인지 인터넷에는 기수에 대한 관심 글이 수도 없이 많았다. 그중에 기수가 되는 방법의 글만 가려 읽는 데도 꼬박 몇 시간이 걸렸다. 하나의 관심사로 그렇게 많은 시간을 컴퓨터 앞에 눌러앉기는 처음이었다. 그 사이 영태가 떨어져 나갔다.

PC방에서 나와 아파트 입구에 도착한 것이 새벽 5시 반이었다. 그 시간이면 엄마는 출근 준비 중이었다. 사무실 직원들이 출근하기 전에 청소를 마쳐야 했다. 엄마는 일찍 출근을 하는 대신 남들보다 두 시간 일찍 퇴근을 했다. 그렇다고 곧장 집으로 오는 것은 아니었다. 엄마는 밤 11시 이전까지 음식점 주방에서 일을 했다. 그것이 내가 어릴 때부터 보아온 엄마의 하루 일과였다. 엄마의 고된 노동은 무능한 택시 기사의 사납금으로, 수시로 날아오는 범칙금과 과태료로 희생되었다. 그리고 지금까지 무능한 가장이 남긴 빚에 희생이 되고 있었다.

"거의 다 돼 간다."

엄마가 그렇게 말한 지가 벌써 2년 전이다. 아버지의 죽음과 동시에 다 돼야 하는 일을 엄마는 5년 넘게 끌어안고 있었다. 형이 말한 '네 아버지가 조금만 괜찮았더라면'이 비로소 이해가 되는 새벽이었다.

"엄마!"

문을 두드리려다 조심스럽게 불렀다. 괜히 울음이 나오려고 해 입술을 꽉 깨물었다.

"누구?"

문이 열렸다. 엄마가 놀라서 손으로 입을 가렸다. 엄마는 갑작스런 나의 등장보다 미처 씹지 못한 입안의 밥이 부끄러운 것이다. 밥 먹는 것을 부끄러워하는 사람, 바로 내 엄마다. 형의 아버지, 엄마의 전 남편이 엄마의 잘못으로 죽었다고 했다. 죽을죄를 짓고도 살려고 꾸역꾸역 밥을 먹는 것이 미안하다고 했다. 부끄러웠다고 했다. 이런 이야기를 형이나 엄마에게 직접 들은 것이 아니었다. 집에 놀러 온 이웃집 아줌마에게 하는 소리를 우연히 엿듣게 되었다. 내가 태어나기 전의 옛날 일이었다.

아버지와 살 때 엄마는 한 번도 밥상에 앉아 같이 밥을 먹지 않았다. 밥상에는 항상 아버지와 나뿐이었다. 엄마가 싱크대 위에 놓인 밥그릇과 김치를 치웠다. 또 선 채로 그렇게 마지못해 끼니를 때우는 중이었다.

"온다면 온다고 연락이나 하고 오지."

"……."

"얼른 밥할게."

엄마가 서둘렀다.

"됐어. 잘 거야."

방으로 들어와 벌렁 누웠다. 쌀 씻는 소리가 들렸다. 학교에 다닐 때는 쌀 씻는 소리에 깼었는데 오늘은 쌀 씻는 소리에 잠이 들었다. 눈을 떠보니 디지털 벽시계가 12라는 숫자를 움켜쥐고 있었다. 장소와 시간 적응이 더뎌 한참 동안 멀뚱거렸다. 방문을 열고 엉금엉금 기어서 주방으로 나왔다. 주방에는 밥상이 차려져 있었다.

밥솥에서 밥 퍼서 먹어라. 찌개는 데워서 먹고. 휴대폰이 고장이 나서 새것으로 바꿨다. 연락을 못하니까 답답해서.

상 보자기를 들추자 메모 한 장이 반찬 사이에 섞여 있었다. 답답하기도 할 거다. 엄마가 먼저 형한테 전화를 거는 일은 없었다. 아버지가 죽었다는 소식도 어린 나를 통해 전했으니까. 엄마가 사다 놓은 휴대전화는 최신형 스마트폰이었다. 무심코 통화 버튼을 누르자 엄마의 전화번호가 떴다. 최근 발신 번호다. 전화기를 바꿔와 시험을 한 듯했다. 첫 번째 신호음이 끝나기 전에 엄마가 전화를 받았다. 공교롭게도 엄마는 또 입에 밥을 물고 있는 가 보다. 끊을까 하다가 엄마에게 밥 삼킬 시간을 주었다.

"깼냐? 밥 먹었냐?"

서둘러 입안을 정리한 엄마가 물었다.

"응."

짤막하게 대답을 했다.

"휴대폰 꼭 갖고 다녀라. 그래도 형이 있어 엄마는 안심이다."

그 새벽에 무슨 일이 있었느냐고 묻고 싶은 것이었다. 목장에서 나왔다면 다시 목장으로 들어갔으면 하는 바람이었다.

"엄마, 나 말 탈까?"

"……."

내가 엄마라도 못 알아들었을 거다. 물은 나도 엉뚱하다고 생각했으니까.

"배 탄다고?"

한참 후, 엄마가 놀라서 물었다. '탄다'는 끝말만 겨우 알아듣고 쉽게 '배'를 끌어다 붙였다. 아마 고깃배를 타는 것으로 생각한 모양이다.

"아냐, 목장에서 소를 타고 논다고. 재미있다고."

얼른 둘러대 버렸다.

"목장 일이 잘 맞나 보다. 그래도 떨어지지 않게 조심해. 알았지?"

안심을 했는지 희미하지만 엄마의 웃음소리가 들렸다. 엄마와 통화를 마치고 밥을 푸고 찌개를 데웠다. 밥상에 앉자 금주 생각이 났다. 택시 안에서 적어 준 금주의 전화번호가 집 안 어디에 있을 것이다.

기수 후보생

금주를 만나러 가면서 기수 교육원에 전화를 걸었다. 정말 학력 제한이 없었다. 대신 범죄 사실이 없어야 된다는 것을 직원이 힘주어 말했다.

"고등학교 2학년인데 자퇴를 했거든요. 그래도 괜찮아요?"

다시 확인을 하고 싶어 이렇게 물었더니 돌아온 말이다. 다 그런 것은 아니겠지만 직원의 걱정대로 자퇴와 범죄, 상관성은 분명히 있었다. 나도 잘못했더라면 여지없이 묶여버릴 뻔했으니까.

금주가 정한 장소는 버스 터미널 옆 소공원이다. 시외버스를 타고 와 금방 만날 수 있는 곳이다. 공원은 노인들 천국이었다. 더러 학생들이 보이긴 해도 자기들의 자리가 아닌 듯 간식을 먹고 터미널 옆 학원가로 바쁘게 사라졌다.

"야, 오공일!"

교복을 입은 금주가 뛰어왔다. 목장에 올 때는 항상 청바지에 헐렁한 티셔츠 차림이었는데. 사복을 입은 지 얼마나 되었다고 그새 교복이 낯설었다.

"야, 오래 기다렸어? 여기서 보니 반가운데?"

금주가 어깨를 툭 치더니 왼팔로 목을 감아 눌렀다. 누가 보면 고등학생 누나가 초등학생 남동생을 데리고 노는 줄 알겠다. 금주의 옆구리를 간질이며 겨우 빠져나왔다. 그 바람에 손에 들고 있던 채찍을 놓쳤다.

"어쭈? 이제 장난도 다 치고. 근데 너, 그거 도민 오빠 안 줬어? 아줌마 말대로 다른 곳으로 샜냐?"

금주가 채찍을 집어들며 물었다.

"도민이가 줬어."

사실대로 말했다. 믿지 못할 것이 뻔해 허벅지의 채찍 자국도 보여주고 싶었다.

"뻥치지 말고. 나 오늘 시간 있는데 같이 도민 오빠 보러 갈까? 우리 학교에서 조금만 가면 되는데."

합숙소로 가는 길에 있는 농고는 금주가 다니는 학교였다. 문득 버스 안에서 만난 여학생이 생각났다. 자기 말로는 말 좀 탄다고 했다. 농고에 말 타는 과가 있던가?

"너희 학교에 말 타는 과가 있나?"

궁금한 마음에 불쑥 물었다.

"말을 잘 탄다는 여학생을 만났거든."

금주는 무슨 말인가 헷갈리는 듯했다.

"……."

"만났다고? 네가? 고아영을?"

여학생의 이름이 고아영인가 보다. 생김새도 예쁘장하던데 이름도 예쁘다. 행동은 정말 아니지만.

"그냥 이 채찍을 보더니 아는 척을 하길래."

"너한테? 고아영이가? 어디에서?"

금주가 펄쩍 뛰었다.

"합숙소로 가다가 버스에서 만났어. 좀 노는 애 같던데?"

"잠깐, 잠깐. 정리 좀 하고. 네가 도민 오빠에게 간 것은 맞네? 버스에서 고아영이를 만난 것을 보면. 그런데 왜 채찍을 도로 들고 왔지? 정말 도민 오빠가 준 거야?"

정신이 하나도 없었다.

"고아영이는 원예과에 다니는데 우리 학교 승마부야. 좀 노는 것이 아니지. 인근에서 논다 하는 애들 고아영이를 모르면 간첩이야. 걔 완전 날라리다. 남자 애들도 꼼짝 못해. 넌 괜찮았어?"

숨 좀 쉬자. 채찍을 채갈 때는 겁이 났지만 공손하게 돌려 줄 때는 괜찮아 보였다. 곁에 있는 여학생이 강탈을 하라고 부추겼지만. 여기서 기수 이야기를 꺼낸다면 금주는 분명히 고아영과

연관을 시킬 것이다.

"나, 우공일이 타봤다."

이제 내 입에도 그 녀석의 이름이 착착 감겼다.

"흥, 뻥치시네! 우공일이를 타 봤다고?"

금주가 콧방귀를 핑 날렸다.

"못 믿겠으면 증명을 해 보이면 되고. 너하고 의논할 것이 있어서……."

슬슬 본론으로 들어가 볼 생각이었다. 꼼꼼히 조사하고 생각해 본 결과 기수 후보생 자격 조건에는 걸리는 것이 없었다. 마지막으로 미심쩍었던 학력 제한도 문제가 되지 않았다. 그러나 혼자 결정하기에는 낯설고 두려웠다.

"나 기수 되면 어떨까?"

비어 있는 의자에 앉으며 말했다. 인터넷으로 검색한 기수에 관한 글이 머릿속에 주르르 떠올랐다. 기수 후보생의 자격 조건도 마찬가지다.

"뭐?"

금주가 앉을 자리에 손수건을 깔며 물었다. 바람이 불어 자꾸 손수건이 뒤집혔다. 금주를 의자에 앉히는 것이 먼저일 것 같아 손수건을 잡아주었다. 금주가 얼른 손수건을 깔고 앉았다. 미처 빼내지 못한 손이 금주의 엉덩이에 깔렸다.

"기수가 되려고 한다고. 기수 후보생 자격 조건을 보니 내 몸과 딱이더라. 학력 제한도 없어 자퇴생도 괜찮대. 나이도 딱이고."

말을 다 하고 나서 금주의 엉덩이 밑에서 손을 빼냈다.

"정말?"

손수건을 잡느라 공연히 헛수고를 했다. 금주가 의자에서 벌떡 일어났다. 손수건이 바람에 휙 날았다.

"지금 지원서 접수받더라. 한 번 해 보고 싶어."

손수건을 잡기는 다 틀렸다.

"기수만 된다면 끝내주는 거지. 나도 승마부에 들어가 말을 타고 싶었는데 덩치가 크다고 퇴짜를 맞았거든. 정말 네 몸은 딱이겠다. 잘 생각했어. 잘했어."

금주가 내 손을 덥석 잡고 흔들었다.

"도민 오빠가 알려준 거야? 그래서 채찍을 준 거고?"

금주가 또 앞질러갔다.

"도민 오빠가 잘 알아서 했겠지. 난 무조건 찬성이다."

기수가 되고자 한 것은 순전히 나의 생각이었다. 거기에 도민이가 또 끼어들었다. 금주가 자축을 하자며 편의점으로 가 콜라 캔을 사들고 왔다.

"자, 샴페인을 터뜨려보자고."

금주가 콜라 캔을 흔들었다. 마구 흔들어댔다. 산책을 하던 할머니가 기겁을 하며 피해 갔다. 금주가 뚜껑의 고리를 힘껏 젖혔다. 캔에서 콜라가 치솟았다.

"야호!"

금주가 손을 번쩍 들어 올렸다. 치솟던 콜라가 멈추면서 캔에서 거품이 품어져 나왔다.

"자, 먹어!"

금주가 콜라 캔을 내밀었다. 나는 피식 웃으며 혀로 거품을 핥았다. 핥는데 손등을 핥던 우공일 그 녀석의 혀가 떠올랐다.

"진짜 우공일 타봤다."

금주에게 다시 말했다. 사실이니까.

"내가 분명히 말했지? 목장에서 그 녀석만 못 타봤다니까? 캑캑."

사레가 지독하게 들렸다. 금주는 콜라에 눈물, 콧물을 섞어 대며 재채기까지 해댔다. 당장 지원서를 접수하자며 금주가 PC방으로 끌고 갔다. 기수 교육원 홈페이지에 들어가 응시 지원 메뉴를 클릭했다. 지원서 양식이 떴다. 금주가 침을 꼴깍 삼켰다.

"잠깐만!"

금주가 저지를 했다.

"응시 분야에 이게 뭐야?"

금주가 물었다. 이미 파악한 사항이었다. 더러브렛 과정은 현재 경주마로 널리 뛰고 있는 외국 말이고 제주마 과정은 제주도 토종의 우리나라 말을 말하는 것이다. 교육 과정도 달랐다. 더러브렛 과정은 4년이고 제주마 과정은 1년이었다. 공지 사항으로 들어가 모집 요강을 클릭해 화면에 띄웠다. 금주가 컴퓨터 화면에 얼굴을 들이밀었다.

"징역을 사는 것도 아니고 길어도 너~어~무, 기~일다."

금주가 목소리를 한껏 늘였다. 더러브렛 과정의 교육 기간을 두고 하는 말이다. 길다는 생각은 나도 했다. 반대로 제주마 과정에 마음이 끌렸다. 제주마 과정을 거치고 나서 더러브렛 과정도 밟을 수 있다는 기사를 보고 이미 마음을 정한 상태였다.

"제주마 과정 할 거야."

다시 지원서 메뉴로 가 해당 칸에 체크를 했다.

"야, 그건 조랑말이잖아."

금주가 마우스를 뺏어 해당 칸의 체크를 삭제했다. 나도 그런 줄 알았다. 흔히 조랑말 하면 단어 자체에서 어딘지 작다는 생각이 든다. 놀이공원에서 아이들과 놀거나 동물원 우리에 갇혀 당근을 할짝거릴 법한.

"이것 봐."

인터넷에서 조랑말을 검색했다. 몸집이 무척 컸다. 더러브렛과 나란히 서 있는 사진은 키가 좀 작다는 것뿐 크게 다를 바가 없었다. 오히려 더 건강해 보이고 야무졌다. 이것도 내가 검색한 자료들이었다. 금주에게 보이기 위해 제주마 경주의 동영상도 클릭해 주었다.

"와! 나도 처음 알았다. 조랑말이 이런 말이었어?"

금주가 놀랐다.

"너, 축산과 다니는 것 맞아?"

금주가 멋쩍게 웃었다.

개인 신상을 꼼꼼하게 적어넣고 다음은 가족 칸이다. 적을 사람이 딱 한 사람밖에 없었다. 엄마다. 거기서 나는 잠시 멈췄다. 문득 외롭다는 생각이 들었다.

다음 학력 칸에는 중퇴라든지 자퇴는 없었다. 학력 칸을 건너뛰려고 하자 금주가 자판을 당겼다. 그리고 명지고등학교 1학년 중퇴라고 쳤다. 자격증도 없고 말을 타본 경험도 없다. 연거푸 건너뛰었다. 참 간단한 지원서였다. 서약서에 동의 체크를 했다. 이제 지원서 보내기 버튼만 누르면 되었다.

"안 되겠지?"

서류 전형에서도 떨어질 것 같아 걱정이 되어 물었다.

"야, 나 같으면 이런 지원자를 통과시키겠다. 더 절박해서 열심히 할 거라고 심사위원들이 생각하겠지."

그럴듯한 해석이다. 내가 망설이자 금주가 커서를 옮겨 버튼을 콕 찍었다.

"가족관계부라든가 그런 서류는 네가 갖춰서 보내."

금주가 손을 툭툭 털었다. 젠장, 학력증명서와 생활기록부 때문에 어쩔 수 없이 학교에 갈 일이 남았다. 학력 제한이 없다더니…….

그 녀석 우공일을 타는 것을 봐야겠다며 금주가 목장까지 따라왔다.

"아직 형한테 기수 얘기는 꺼내지 마."

금주에게 부탁은 했지만 기대는 하지 않았다. 말을 하더라도 내가 하고 싶었다. 아직 저녁 줄 시간이 되지 않아서인지 축사는 한가했다. 늙은 개가 달라붙어 슬쩍 발로 찼다. 털이 듬성듬성 빠지고 볼품이 없었다. 그러자 늙은 개가 금주에게 달라붙었다.

"아이구, 할멈! 눈곱 좀 떼셔."

금주가 늙은 개의 눈두덩을 쓰다듬었다. 늙은 개가 편안하게 얼굴을 맡겼다.

"그렇게 동물이 좋냐?"

내 말은 지저분하지 않냐는 뜻이다.

"거짓말을 안 하잖아."

금주의 대답은 간단했다. 말만 간단한 것이 아니라 말투도 뾰족해졌다. 더 이상 따져 물을 수 없도록 말이다.

"말 못한다고 그러는 거 아냐."

금주가 발길질을 본 모양이었다. 갑자기 분위기가 냉랭해졌다. 저는 소들에게는 제멋대로 발길질을 하고 뺨을 때리면서……. 나는 우공일에게로 가면서 입속으로 삐죽거렸다. 발자국 소리에 축사에 누워 있던 소들이 벌떡벌떡 일어섰다.

"됐어, 인마! 알았다고 인마! 내 말이 그 말이거든?"

뒤를 따라오면서 금주는 아는 체를 하는 소들에게 일일이 말을 걸었다. 퍽퍽 소리가 나는 것을 보면 뺨도 쥐어박는 듯했다. 그 녀석은 내가 다가갔는데도 일어서지 않았다. 금주도 뒤따라와 멈췄다.

"내가 그럴 줄 알았어."

금주가 중얼거렸다. 꼭 나를 비웃는 것 같아 기분이 상했다.

"야! 야!"

녀석이 불러도 꿈쩍도 안 한다. 무안했다. 금주가 옆 칸 축사의 난간에 올라갔다. 대기하고 있었다는 듯 소가 금주에게 등을 내주었다. 금주가 능숙하게 소를 몰아 녀석의 곁으로 갔다. 그리고 녀석을 향해 빈 채찍질을 해댔다.

"찌익!"

채찍이 찢어지는 소리를 냈다. 생각해보니 공원에서 채찍을 떨어뜨린 이후, 채찍은 여태까지 금주의 손에 들려 있었다. 녀석이 귀찮다는 듯 궁싯거리며 몸을 일으켰다. 나는 녀석을 향해 손을 까닥였다. 녀석이 내게 천천히 다가왔다. 또 더럽게 콧구멍 속에 혀를 밀어 넣고 있었다. 버릇인 것 같았다. 손을 내밀자 녀석이 혀로 손등을 싹 핥았다. 까칠한 감촉이 팔뚝까지 섬뜩했다.

"우공일, 좋아! 그렇지."

부드럽게 말을 걸자 녀석이 몸을 돌려 주었다. 난간에 올라섰다. 어젯밤보다 훨씬 올라타기 편한 위치였다. 녀석의 등에 다리를 걸치고 잽싸게 올라탔다. 녀석이 등을 말며 잔뜩 웅크렸다. 하마터면 떨어질 뻔했다. 나는 몸을 앞으로 숙이며 녀석의 목덜미를 끌어안았다. 비로소 녀석이 등을 폈다. 몸이 녀석의 등에 착 붙었다.

"와! 대단한데?"

드디어 금주가 믿었다. 나는 오른발을 옆으로 벌려 녀석의 등을 툭툭 건드렸다. 녀석이 천천히 움직였다.

"오공일, 너 진짜 기수 해도 되겠다. 폼이 딱 난다."

금주가 인정을 했다. 녀석의 등을 내려와 금주가 그러는 것처럼 뺨을 툭 쳐주었다. 통로로 나오기 위해 난간을 타 넘으면서 뒤를 돌아다보았다. 녀석이 뚫어놓은 축사 벽의 구멍으로 햇살이 쨍하니 들어왔다. 세상에 태어나 그렇게 눈부신 햇살을 본 것은 처음이었다. 햇살 때문인지 구멍이 한없이 넓어보였다.

"둘이 거기서 뭐 한대?"

형수다. 시내에 다녀오는지 형수의 옷차림이 화려했다.

"안녕하세요?"

금주가 얼른 인사를 챙겼다.

"안녕은 무슨……. 일을 할 거면 정해놓고 일을 하던지. 들락날락하려면 아주 그만두던지."

말을 해놓고 형수가 두 볼을 빵빵하게 부풀렸다. 금주와 나, 둘에게 하는 말 같았다. 아주 못마땅해 죽겠다는 표정이다.

"장어 다린 것은 잘 갖다 줬지? 꼭꼭 먹으라고 했지?"

금주가 들고 있던 채찍을 슬그머니 감췄다.

"네!"

대답을 짧게 끊자 형수가 참견을 잇지 못했다. 잠시 어색한 침묵이 감돌았다.

"아휴, 이이는 어디서 뭐 한대?"

형수가 죄 없는 형을 탓하며 축사를 떠났다.

"에이, 나도 가야겠다."

금주가 내게 채찍을 내밀었다. 채찍을 받으려다 생각하니 금주가 갖고 있는 편이 낫겠다 싶었다. 형수가 보기라도 한다면 또 어떤 소리를 들을지 몰랐다.

"네가 갖고 있다가 나중에 주면 안 돼?"

눈치 빠른 금주가 말뜻을 알아차렸다.

"그러지 뭐. 필요하면 말해."

금주가 채찍을 책가방 속에 찔러 넣었다.

"우리 할멈, 구박하지 마. 알았지?"

금주가 늙은 개의 머리를 한 번 더 쓰다듬어주고 천천히 목장을 내려갔다. 쪼그리고 앉아 금주의 뒷모습을 오랫동안 지켜보았다. 옆을 보자 늙은 개도 나와 같았다. 손을 내밀자 늙은 개가 킁킁 냄새를 맡더니 슬며시 머리를 돌렸다.

"나도 싫거든?"

쥐어박고 싶은 마음을 꾹 누르며 다리를 폈다. 서류 전형에 합격되어도 문제다. 시험은 2차, 3차까지 이어지는데 신체검사, 체력검사, 적성검사에 면접까지 포함되어 있었다. 거기까지 끝나도 가입학이라고 해서 또 한 달 정도 교육을 받아야 최종 합격이 되는 것이다. 그러니 섣불리 형에게 말할 일이 아니다. 형이 알게 되면 형수는 당연히 아는 것이고.

그 녀석, 우공일이 사라진 것을 안 것은 한밤중이었다. 잠결에 소들의 웅성거림을 듣고 일어났다. 이상하게 소들이 흥분을 했다. 축사의 불을 켰더니 그 녀석, 우공일의 축사가 텅 비워져 있었다. 구멍을 낸 자리를 넓혀 도망친 것이다. 휴대전화로 형에게 전화를 걸어 녀석의 도망을 알렸다. 형이 허겁지겁 축사로 내려왔다.
"내가 그럴 줄 알았어."
뒤따라 내려온 형수가 한 말이다. 소도 못 지키고 뭐했냐는 말로 들렸다.
"도둑이 든 거다. 경찰에 신고를 해야겠다. 괜히 잘못 쫓다가 큰일이 나지."
몇 년 전, 도둑이 들어 소 세 마리를 잃어버렸다고 했다. 그런 경험이 있는 형은 뚫린 구멍만 보고 도둑이라고 판단했다. 형이 그렇게 나오자 녀석이 도망을 쳤다고 말할 수 없었다. 정말 형의 말대로 도둑이 축사에 구멍을 내놓고 기회를 엿보다가 끌어갔는지 모른다.

"봐라, 여기 발자국이 있잖아."

형이 뚫린 구멍 밖으로 손전등을 비췄다. 어지럽게 찍힌 녀석의 발자국 밑에 희미하게 남아 있는 발자국, 그것은 내 것이다. 어젯밤 내가 축사로 들어오고 또 축사를 나가면서 남긴. 내 판단으로는 절대 도둑이 든 것이 아니었다.

"당신은 뭐 하고 있어? 얼른 지구대에 신고를 하라니까."

형이 형수에게 소리를 버럭 질렀다. 형수가 신고를 했다.

"금방 온대."

형수의 목소리가 마구 떨렸다.

"공일이는 나하고 송아지 축사에 가보자."

형이 앞장섰다.

"거긴 뭣 하러 가. 끌어가려면 큰 소를 더 끌어갔지 송아지를 가져갔겠어?"

형수가 겁에 질려 내 옷자락을 잡았다. 비까지 쏟아졌다. 얼른 겉옷을 벗어 형수의 머리에 씌워주었다.

"당신은 방에 들어가 있어."

형이 말했지만 형수는 꼼짝하지 않았다.

"공일이가 형수와 있어."

형이 혼자 송아지 축사동으로 올라갔다. 형수가 무서운지 옆으로 왔다.

"송아지는 괜찮을 거래도. 혼자 갔다가 도둑에게 다치기라도 하면 어쩌려고."

형수의 목소리는 숫제 울음에 가까웠다.

"괜찮을 거예요."

형수를 안심시키려고 한마디 했다. 그러자 형수가 더 가까이 붙었다. 손전등으로 형의 뒤를 비춰주는데 빗발이 거세져 불빛이 퍼져버렸다. 그래도 자꾸 이리저리 손전등을 휘둘러봤다. 혹시라도 불빛에 녀석의 모습이 잡힐까 싶어서였다.

"그래, 잘하고 있어. 자꾸 이리저리 비춰봐. 그래야 도둑놈이 도망치지."

형수에게 잘한다는 말은 처음 들어본다.

"삐뽀삐뽀삐뽀!"

경찰차가 목장으로 오는 모양이었다. 신고를 한 지 10분도 안 되었을 거다. 사이렌 소리를 듣고 형이 송아지 축사동에서 내려왔다.

"송아지는 괜찮아."

안 괜찮을 리 없었다. 경찰차가 축사 앞에 멈추고 경찰이 내렸다. 지구대에서 봤던 경찰이었다. 나는 가슴이 뜨끔했다. 경찰이라면 분명히 발자국이 내 것이라는 것을 알 것이다. 그러면 나는 영락없이 소도둑이 되는 것이다. 경찰과 눈이 마주쳤다. 나는 꾸벅 인사를 했다.

"한 사장네는 요즘 사건, 사고가 많네?"

경찰이 의미 있게 말했다. 가슴이 뜨끔해 목을 쏙 집어넣었다.

"축사에서 누가 자고 있었나?"

경찰이 물었다.

"얘가 저기에서 자고 있었어요."

형수가 나서며 방을 가리켰다.

"목장에 소를 훔치러 오는 놈들이 한 마리만 가지러 왔겠어? 그래도 지키는 사람이 있었으니 한 마리만 훔쳐갔지. 저기 대평리에서는 차를 대고 싹 실어 갔어."

그렇다면 내가 있어서 다행이라는 말이다.

"이렇게 비까지 오는데 얼마나 좋았겠어. 그나마 한 마리 없어진 것을 다행으로 생각하자고. 현장은 내일 아침에 보기로 하고."

경찰은 손전등으로 구멍을 쓱 훑었다. 그러더니 미련 없이 돌아갔다.

"후우!"

긴장이 되어 멈췄던 숨이 터져 나왔다.

"맞는 말이야. 공일이 덕분이지."

형도 경찰의 말을 주저 없이 인정했다. 형이 형수에게 집으로 올라가라고 했지만 형수도 축사 방에 남았다. 좁은 방에서 세 사람이 모서리 한쪽씩 기대고 밤을 새우다시피 했다.

날이 밝자 경찰이 득달같이 달려왔다. 경찰이 함께 축사 밖으로 나가자고 했을 때 나는 기절을 할 것 같았다. 그저께 밤에 신었던 운동화를 늙은 개집에 밀어 넣은 것도 잘한 일이었다. 나는 슬리퍼를 신고 따라갔다.

"비 때문에 족적이 다 지워졌네. 증거가 없어. 도로의 CCTV를 봐 달라고 했으니까 거기서 증거를 찾아야겠어."

경찰이 사진을 몇 번 찍더니 그만두었다. 땅바닥에는 녀석의 발자국까지 모두 지워져 있었다.

"대여섯 마리만 실어 갔어도 몇천이지?"

구두에 묻은 흙을 막대기로 긁어내며 경찰이 형에게 물었다.

"요즘 시세가 그렇지요."

형이 경찰이 소를 지켜주기라도 한 듯 머리를 조아렸다.

"저놈이 그래도 밥값은 했네. 하하핫!"

경찰이 흙 묻은 막대기로 나를 가리키며 웃음을 터뜨렸다. 경찰이 돌아간 후 형과 함께 소들에게 이른 아침을 주었다. 차례로 구유에 사료를 쏟아주다 보니 녀석의 축사 앞에 섰다. 녀석이 금방이라도 구멍으로 얼굴을 쑥 내밀 것 같았다.

"이 자식, 어디로 간 거야."

궁금하고 걱정이 되었지만 찾으러 가본다고 할 수도 없었다. 빨리 형이 일을 마치고 집으로 올라가기만을 기다려야 될 듯했다.

"공일아, 그래 봐야 소용없다. 그놈들이 차를 갖고 다니지 끌고 갔겠냐? 갔어도 부산은 갔겠다."

형이 포기를 한 듯했다. 송아지 축사동을 들러 나왔다. 자꾸 뒤에서 무엇이 당기는 듯해 뒤를 돌아다보았다. 녀석이 어슬렁거리며 축사동을 돌고 있었다.

"형! 저기 좀 봐요."

나도 모르게 형이라는 소리가 튀어나왔다. 내 기억으로는 처음으로 불러보는 호칭이었다. 형도 녀석을 발견하고 사료 부대를 집어던지며 뛰었다. 녀석은 온몸이 흠뻑 젖어 꼴이 말이 아니었다. 원형 탈모처럼 녀석의 목덜미에 듬성듬성 털이 빠져 있었다.

"도둑놈들에게 끌려가다가 도망쳤는가 보다. 여기 좀 봐라."

형이 녀석의 목덜미를 살피며 흥분했다. 내가 보기에는 구멍을 넓히느라 그런 것처럼 보이는데. 녀석의 뿔끝이 깨져나간 것도 확실한 증거였다.

"잘했다, 이 자식아. 잘했다."

형이 녀석의 뺨을 툭툭 두드리며 기뻐했다. 거품 세제를 마신 듯 녀석의 입에서 거품 덩이가 뚝뚝 떨어졌다. 나는 눈을 똑바로 뜨고 녀석을 노려보았다. 녀석이 자꾸 눈길을 피했다. 녀석을 축사에 몰아넣고 형이 들떠서 지구대로 전화를 걸었다.

"김 경장님, 도둑놈들에게 끌려가다 도망친 모양입니다. 목이 다 까지고 거의 죽다시피 해서 돌아왔어요. 예, 예, 감사합니다."

형이 마구 뻥을 쳐댔다. 비에 젖어 겉모양만 그럴 뿐 형 말대로 거의 죽을 지경은 아니다. 졸지에 녀석은 영웅이 되어버렸다. 형과 함께 휘어진 쇠파이프를 펴고 거기에 다른 파이프를 덧대 철사로 단단히 묶었다. 녀석이 뚫어놓은 구멍은 완전히 봉쇄가 되었다. 아침 생각이 없다고 남으려 했지만 형이 극구 집으로 끌고 갔다.

"밤에 있어 보니까 좀 춥데? 이것 가지고 내려가."

아침을 먹고 나자 형수가 전기장판을 내놓았다. 소를 지키는 방범대원으로 정식 채용을 하겠다는 뜻이다.

달려라, 우공일!

　더 절박해서 열심히 할 거라고 생각하겠지. 금주의 말이다. 정말 심사위원도 그런 마음이었을까? 서류 전형이 무사히 통과되었다.

　어떤 일에 매달려 죽을 만큼 버르적거린 적 있느냐. 도민이의 말이다. 좋아, 오늘 그래 보려고 한다. 탈의실에서 운동복을 갈아입고 나왔다. 모집 인원 ○○명이라고 했는데 도대체 몇 명을 뽑겠다는 말인지. 수험생들이 ○○○명은 되겠다. 부모나 친구와 동행한 수험생들이 많았다. 금주가 하루 결석을 하고 따라와 준다고 하는 것을 겨우 말렸다. 그렇게 하라고 놔둘걸.

　"자, 마음 편히 가지시고 검사원들의 설명을 잘 들으세요."

　드디어 체력검사 시작이다. 오늘 여기서 또 한 번 나를 죽일 것이다. 첫 번째로 악력 테스트, 아귀힘이다. 준비운동으로 손을 탈

탈 털었다. 잡는 것이라면 자신 있었다. 놈들에게 당할 때 최선의 방어는 막는 것이 아니라 잡는 것이었다. 놈들의 손이든 물건이든. 그것도 못하면 주먹이 부서지도록 꽉 쥐며 참았다.

"이익!"

눈알이 튀어나올 것 같았다. 악력기의 고정 부분이 지렛대가 되어 사정없이 손바닥에 파고든다. 하나, 둘, 셋…….

"좋습니다. 왼손!"

"이익!"

어금니가 부서지도록 깨물었다. 하나, 둘, 셋…….

"좋습니다. 수고하셨습니다."

검사원이 머리를 끄덕이며 기록을 했다. 시작이 좋았다.

"야, 잘했냐?"

마주 오던 여학생이 어깨를 툭 치며 지나갔다. 완전 반말이다. 기억을 뒤적거려봐도 아는 얼굴이 아니다. 착각을 한 것이겠지.

힘껏 제자리높이뛰기를 했다. 머리통으로 천장을 뚫어버리겠다는 심정으로. 뱃가죽이 터지도록 윗몸일으키기를 했고, 팔굽혀펴기는 두 팔이 떨어질 때까지 속도를 높였다. 눈 감고 외발서기는 검사원이 그만하라고 할 때까지 했다. 앉아서 윗몸 굽히기는 오금이 찢어질 것 같은 고통을 참으며 가슴을 허벅지에 붙였다. 그리고……. 결과는 궁금하지 않았다. 후회 없이 죽을 만큼 버르적거렸다는 것뿐. 한도민 이제 됐냐?

"자, 실내 테스트 끝난 분들은 운동장으로 가세요."

마지막으로 1,500미터 달리기가 남았다. 운동장을 나가다 보니 짐을 챙겨 돌아가는 수험생들이 제법 많았다. 3개 이상 종목에서 최저점이 나오면 자동 탈락이었다.

"야, 잘했냐?"

또 반말이다. 아까 그 여학생이었다. 역시 낯설었다.

"너, 나 몰라?"

당연히 모르지. 오뚝 솟은 코가 특히 예쁘다. 머리를 하나로 모아 뒤로 묶는 바람에 코가 더 도드라졌다.

"완전 뻥쳤어? 기수라면서? 채찍까지 들고서 폼을 잡더니 이게?"

여학생이 주먹을 코밑까지 들이밀었다.

"아! 고아영?"

채찍이라는 소리와 주먹을 보자 금주가 일러주던 여학생의 이름이 생각났다.

"자식, 나한테 관심 있었구나?"

이름을 불렀더니 고아영이 진도를 확 뺐다. 내가 자기를 아는 것은 당연한 것이고 벌써 그 위 단계까지 멋대로 치고 올라갔다. 그래서 금주가 펄쩍 뛴 것이구나.

"자, 대기하세요. 1조부터 시작합니다. 출발선으로 가세요."

검사원이 손짓으로 달라붙어 있는 고아영을 떼어냈다.

"파이팅!"

고아영이 주먹을 들어 보였다. 기분이 나쁘지 않았다. 고아영의 응원 덕분인지 출발선에 서자 긴장이 조금 풀렸다. 운동장 세 바퀴다. 쫓아올 테면 와봐라. 나는 놈들에게 선전포고를 했다.

"탕!"

출발이다. 총소리와 함께 총알처럼 튀어나간 수험생이 한 바퀴도 못 돌아 다리를 비틀며 쓰러졌다. 그 뒤를 달리던 수험생이 앞으로 치고 나갔다. 나는 10명 중 중간 정도다. 점수는 순위와는 상관없고 시간이 문제였다. 5분 33초 이하일 때 5점인 최고점을 받는다. 호흡을 고르고 어쩌고 할 여유가 없었다. 툭툭 가슴팍을 치받는 심장의 박동이 고통스러워지기 시작했다. 놈들에게 쫓길 때도 이 상태가 한계였다. 도망치기를 포기할까 하는 생각이 들었으니 말이다. 또 한 명의 수험생이 나를 추월했다.

"푸흐흣! 푸흐흣!"

드디어 고대하던 놈들이 내 뒤에 붙었다. 뒤통수가 뜨끔해지면서 전기가 흐르듯 찌릿한 느낌이 목을 타고 내려와 등줄기를 반으로 가른다. 허리쯤일 거다. 연료가 채워지듯 묵직한 기운이 감돌더니 꼬리뼈 근처가 뜨거워졌다. 그리고……. 어느 순간 고막이 터질 듯 굉장한 폭발음이 들렸다. 하체에 전달된 거대한 동력은 제어가 어려웠다. 나는 죽을힘을 다해 무작정 달렸다.

동력은 결승선을 통과시켜놓고도 한참 동안 살아서 푸득거렸다. 동력을 꺼뜨린 것은 고아영이었다.

"헤이, 돌콩! 대단한데? 너는 경주마로 치면 추입마다. 호홋!"

고아영이 뛰어와 물병을 내밀었다. 벌렁 누워 입을 딱 벌리고 물병을 거꾸로 쑤셔 박았다. 물이 목구멍 속으로 콸콸 쏟아져 들어왔다. 완벽하게 연소되었던 하체가 천천히 살아나기 시작했다.

일부러 고아영을 기다린 것이 아니었다.

"헤이, 돌콩! 기다릴 줄 알았다. 옷 갈아입고 같이 가자."

1,500미터를 너끈하게 뛴 고아영이 어깨를 치기 전까지 나는 반죽음 상태로 눈만 멀뚱거리며 회복을 기다렸다. 고아영이 달리기에서 몇 번째로 들어왔는지 기억도 없었다. 2차 시험은 신체검사와 적성검사 그리고 체력검사를 합산해 합격자를 낼 것이다. 아직도 갈 길이 멀었다.

"돌콩, 너는 될 거 같더라?"

그렇다면 고아영은 떨어진다는 소린가?

"돌콩이라고 부르지 마."

병신! 이럴 때는 위로의 말을 해야 되는 거다. 합격이 될 것 같다고 먼저 기분 좋은 말을 해줬으니까. 가령 아직 결과는 모른다거나, 중도 탈락이 없었으니 기대해볼 만하다거나, 말을 탔으니까 유리하다거나.

"돌콩이 어때서?"

고아영이 피식 웃었다. 앞에 '돌'자가 들어가면 없어 보이고 시시해 보였다. 돌콩이 어떤 콩인지 몰라도 분명히 돌배나 돌감처럼 먹을 것이 없는 콩일 것이다. 즉석에서 갖다 붙인 별명이라지만 기분이 상당히 나빴다.

"작다고 얕보지 마라. 내 안에도 천지의 모든 기운이 들어 있다. 바람에 흔들리는 가녀린 줄기라고 안타까워하지도 말아라. 한번 잡으면 내 몸이 끊어지기까지 놓지 않는다. 너희는 언제 이렇게 목숨 걸고 무언가를 잡아본 적이 있는가? 이렇게 단단하게 익어본 적이 있는가?"

고아영이 두 눈을 살그머니 감고 낭송을 했다. 의외의 모습이었다. 돌콩에 대한 시다. 가슴이 찡했다. 돌콩이 그런 콩이라면 별명치고는 괜찮았다.

"야, 나온다!"

정문을 넘어서자 모여 있던 여학생 몇이 소리를 치며 달려왔다. 만원 버스 안에서 교묘하게 축산과 남학생의 배를 내지르던 역삼각형 얼굴의 여학생도 보였다. 여학생들이 고아영을 에워쌌다. 여학생들은 의무라도 되는 듯 모두들 한마디씩 했다. 왁자하게 소란이 일었다.

"아, 됐고. 배고파!"

고아영이 깔끔하게 정리를 해버렸다.

"쟤, 누구?"

여학생 하나가 턱짓으로 나를 가리키며 물었다. 여학생들의 눈이 모두 내게로 쏠렸다.

"몰라!"

고아영의 대답은 간단했다. 고아영의 대답이 아주 틀린 말이 아니다. 그런데 몸에서 힘이 쭉 빠졌다. 여학생들이 전등 스위치를 내리듯 순식간에 나에 대한 관심을 모두 꺼버렸다. 돌콩돌콩 돌콩. 나는 고아영이 남긴 단어를 입속에서 굴리며 우두커니 서서 기다렸다. 고아영과 여학생들이 빨리 눈앞에서 사라지기를.

피곤했는지 버스에 타자마자 잠이 들었다. 꿈에 고아영의 모습이 내내 안개처럼 바탕으로 깔렸다. 목장에 도착해 보니 금주가 와 있었다. 시험 때문이라며 새벽에 나왔으니 형은 검정고시 준비인 줄 알고 있었다.

"어땠어? 잘 봤어?"

금주가 형의 눈치를 보며 물었다. 금주를 보자 고아영의 모습이 다시 떠올랐다.

"죽을 만큼 버르적거렸는데 모르겠다. 근데 돌콩이 뭐야?"

"그럼 됐겠지. 뭐, 돌콩?"

금주가 되물었다.

"가녀린 줄기지만 한 번 잡으면 끊어져도 꽉 잡고 있는 것. 작은 데 단단하게 익는 콩."

고아영이 낭송해 주던 시를 떠올리며 횡설수설 지껄였다.

"아, 그것? 우리 국어 샘 단골 메뉴인데. 왜? 돌콩이 시험문제에 나왔냐?"

체력검사인데 시험문제는 무슨……. 어쩐지 금주에게 고아영의 이야기를 못하겠다.

"소들이 무척 좋아해. 아마 목장 울타리 근처에 많을 거야."

"소들이 좋아한다고?"

"당근이지. 소들은 콩과 식물을 전부 좋아해. 돌콩도 콩과 식물이야. 우리가 먹는 콩의 조상쯤 되겠다."

돌콩 하나를 놓고 금주와 고아영은 이렇게 달랐다.

"그럼 시도 외우겠네? 한 번 낭송해 줄 수 있어?"

금주에게 부탁을 했다.

"야, 바랄 걸 바라. 난 그딴 것 못해."

금주가 단칼에 잘라버렸다.

"대신 돌콩을 보여줄 수는 있지."

농고생다운 대응이고 금주다운 발상이었다. 소가 좋아한다는 말이 생각나 축사에 들어가 녀석, 우공일의 목에 줄을 맸다. 무단 가출을 하고 돌아온 다음 녀석은 무척 불안해보였다. 형의 말대로 도둑에게 끌려가다 도망친 것이 아닐까 하는 생각이 들 정도로.

"한 번 타보지 그러냐?"

내가 절대 못 탈 것이라고 생각하고 금주가 장난으로 하는 말이다. 나도 축사 안에서만 녀석의 등에 탔지 밖에서는 한 번도 그러지 못했다. 축사에서 나오자 녀석이 몸을 움찔거렸다.

"이 자식, 어째 수상하다. 도로 축사에 넣자."

금주가 말했다. 금주도 녀석을 밖으로 데리고 나와본 적이 없다고 했다. 도민이도 포기할 정도면 알 만하다. 형이 강제로 축사에서 끌어냈을 때 녀석은 네 시간 정도를 미친 것처럼 날뛰다가 거품을 물고 쓰러졌다고 한다.

"괜찮아, 겁먹지 마."

재빨리 녀석의 앞으로 나가며 목덜미를 툭툭 두드려주었다. 녀석의 어깨가 낙타의 혹처럼 불룩 솟은 것은 앞발에 힘을 꽉 주고 있다는 것이었다. 그럴 때 뒤에서 건드리면 녀석은 스프링처럼 튀어나가 버린다. 가장 좋은 방법은 길을 터 주듯 녀석의 앞에서 자연스럽게 걷는 것이었다.

"괜찮겠어?"

금주가 걱정을 했다. 녀석이 슬슬 따라왔다. 줄을 쥐었지만 줄은 그냥 줄로 놔둬야 한다. 줄로 제어하려는 기미가 보이면 녀석은 다른 방향으로 튕겨질 것이었다. 만약 그런 사태가 벌어진다면 녀석을 쫓기보다는 녀석이 나를 쫓도록 하는 방법, 녀석이 하는 것처럼 나도 지지 않고 날뛰면 되는 것이었다. 녀석은 강제와 강압에는 선천적으로 거부 반응을 일으키는 것 같았다. 그것은 세 번쯤 녀석과 대결한 후, 파악한 특징이었다.

"이것!"

금주가 목장 울타리를 감고 올라간 넝쿨을 가리켰다. 초겨울

햇살에 넝쿨이 마르고 있었다. 실뭉치처럼 뒤엉킨 넝쿨은 줄기 중간에 보잘것없는 꼬투리를 다닥다닥 매달았다. 넝쿨을 당겨보았다. 뚝 끊어진다. 시에서처럼 끊어지고 남은 넝쿨이 철사를 단단히 움켜쥐고 있었다. 금주가 꼬투리 몇 개를 따서 깠다.

"이게 돌콩이야."

금주가 손바닥을 보였다. 까무스름한 씨앗이 참 작기도 하다. 씨앗 하나를 집어 입에 넣고 어렵게 어금니 위로 옮겼다. 그리고 지그시 힘을 주었다. 시큰한 느낌이 어금니에 느껴지면서 씨앗이 깨졌다. 단단했다. 입안 가득 비릿한 날콩 맛이 퍼졌다. 돌콩도 콩은 콩이었다. 어느새 녀석이 돌콩 넝쿨을 볼이 터지도록 거둬 넣고 있었다.

기어이 몸살이 났다. 2차 시험을 준비하느라 나름 열심히 노력을 했고 또 체력검사를 하며 힘을 다 쏟아부은 탓이다.

"그것 봐라. 그래도 공부가 제일 쉬운 거다."

형은 목장일이 고되어 병이 난 것으로 알았다. 집에 가서 쉬라는 말도 병원에 다녀오라는 말도 모두 거절하고 목장에서 버텼다. 금주가 전화를 걸어 2차 시험의 합격을 알려주었다. 홈페이지에 공지한다는 날짜조차 까맣게 잊도록 죽을 만큼 앓았다. 합격 소식을 듣자 조금 기운이 났다.

"저, 기수 후보생 시험 중이에요. 2차까지 합격을 하고 3차가 남았어요."

점심을 먹으면서 형에게 말했다. 3차는 마필 적응 테스트와 면접이다. 마필 적응이야 괴팍한 녀석과도 친해졌으니 문제없겠고 면접은 진정성이 중요하다고 했다. 2차 합격 소식을 전하면서 금주가 일러준 것이었다. 그렇다면 이 시점에서 이야기를 해둬야 될 것 같았다.

"잘됐네. 기수가 되려면 몇 년 동안 합숙 생활을 해야 할걸?"

형수가 먼저 말을 알아들었다. 형수의 말에도 형은 잘 이해가 안 가는 모양이었다.

"말 타는 기수가 되었다잖아. 당신 몰라?"

형수가 답답하다는 듯 목소리를 높였다.

"된 것은 아니고 아직 시험 중이에요."

형의 눈치를 보며 다시 말했다.

"뭔 말?"

형은 정신을 다른 곳에 팔고 있었다.

"기수 후보생요. 이제 3차만 남았어요."

"……."

"아유, 답답시러. 도민이가 매일 들고 다니던 채찍 말야. 말 타는 기수가 말을 때리는 것 말야. 당신 몰라?"

형수의 이야기가 엉뚱한 곳으로 빠졌다.

"아이고, 예전 일 생각 안 나? 소 몇 마리 기르면서 뭐가 필요하다고 말을 사 와. 여기가 무슨 텍사스야? 당신이 무슨 카우보이야? 괜히 축구 잘하는 애 바람만 잔뜩 들게 하고. 그때 생각하면 신경질이 나 죽겠어. 다 지난 일이지만 당신도 참 웃겨, 응?"

목장에 말이 있었다니 깜짝 놀랄 일이다. 형수의 말대로라면 형이 말을 사 왔고 도민이가 말을 좋아한 거다. 아마 도민이가 기수가 되겠다고 고집을 부린 것 같았다. 고집을 부리다 체격에 걸려 포기한 것이다. 도민이는 키가 무려 190센티 가까이 되었고 몸무게도 족히 90킬로 이상은 될 거다.

"탁!"

형이 숟가락을 소리 나게 식탁에 놓고 일어섰다. 형수의 이죽거림에 단단히 화가 난 줄 알았다.

"하지 마라!"

그때까지도 나는 형이 형수에게 그러는 줄 알았다. 형수도 그렇게 생각했는지 손으로 입을 턱 막았다.

"기수는 무슨……. 절대 하지 마라."

형이 나를 똑바로 쳐다보면서 말했다. 형의 얼굴은 딱딱하게 굳어져 있었다. 그렇게 무서운 형의 얼굴은 처음이었다. 형이 현관문을 쾅 닫고 밖으로 나갔다. 형수와 단둘이 식탁에 앉아 있는 것은 무척 불편한 일이다. 그러나 지금은 형을 따라 나가는 것이 더 불편할 것 같아 참았다.

"저이가 왜 그런데? 자기 자식도 아니면서. 정말 웃겨!"

형수가 입을 삐죽거리며 식탁에서 일어났다. 나도 슬그머니 일어서 집을 나왔다.

"신경 쓰지 말고 해. 어차피 학교도 못 다닐 거면서 그거라도 해야지."

형수의 말을 현관 밖에서 들었다. 마당 끝에 서서 축사를 내려다보았다. 형의 승용차가 목장을 벗어나고 있었다. 전혀 생각지도 못한 형의 반대였다. 차라리 위험하다거나 검정고시를 준비해 대학에 들어가라거나 그런 이유라면 변명이라도 하겠다. 단 두 번의 일방적인 통고로 형은 그런 여지를 단숨에 잘라버렸다.

축사로 내려오는데 자꾸 입에 침이 고이고 속이 메슥거렸다. 아무리 침을 뱉고 헛구역질을 해대도 속이 가라앉지 않았다. 갑자기 돌콩 생각이 났다. 아니 돌콩의 비릿한 맛이 입에 당겼다. 나도 모르게 발길을 목장 울타리 쪽으로 돌렸다. 돌콩은 울타리 안쪽보다 바깥쪽에 더 많았다. 가시철사를 벌려 구멍을 만들어 울타리를 넘었다.

줄기에 붙어 있는 꼬투리를 따서 깠다. 돌콩이 톡톡 튀어나왔다. 돌콩 한 알을 입안에 넣고 혀를 움직여 어금니 위에 놓았다. 힘을 주었지만 돌콩이 깨지지 않았다. 며칠 사이 돌콩이 더 단단히 여물었다. 몇 알을 더 입안에 털어 넣고 침으로 돌콩을 불렸다. 얼마나 지났을까. 돌콩이 차례차례 깨물렸다. 비릿한 맛이 입안에 가득 퍼졌다. 신기하게도 침이 마르면서 속을 들어낼 것 같은 메

스꺼움이 잦아들었다.

돌콩 한 줌을 얻기까지 손톱 밑이 아프도록 꼬투리를 깠다. 주머니가 불룩해졌다. 이러다가는 내가 고아영이 지어준 별명처럼 진짜 돌콩이 되겠다. 고아영이 낭송을 해주던 시가 생각났더라면 더 좋았을 것이다. 아무리 떠올려보려고 해도 깜깜했다. 녀석에게 주고 싶어 돌콩 줄기를 걷어서 축사로 돌아왔다.

"음모!"

발자국 소리를 들었는지 돌콩 줄기 냄새를 맡았는지 녀석이 드물게 울음소리를 냈다. 축사 안으로 돌콩 줄기를 던지자 녀석이 허겁지겁 덤벼들었다. 이웃 칸에 있는 소가 칸막이 쇠파이프에 뺨을 대고 혀를 내밀었다. 잘하면 줄기 하나를 혀로 끌어갈 듯했다. 그러나 녀석은 그것조차 허락하지 않았다. 녀석이 그렇게 식탐을 부리는 것은 처음이었다. 건초도 그렇고 사료도 그렇고 녀석이 먹는 양은 딱 정해져 있었다. 녀석은 돌콩 줄기를 뚝딱 해치웠다. 그래도 모자란 듯 머리를 길게 늘이며 혀를 내둘렀다.

"음모!"

녀석이 더 달라고 보챘다.

"좋아, 그럼 같이 가자."

축사의 문을 열고 들어가 녀석의 목에 줄을 맸다. 녀석이 축사의 문을 나서며 난간 근처에서 주춤거렸다. 난간에 올라서면 바로 녀석의 등이다. 그러면 축사 밖에서 녀석의 등을 타는 것이 아니라 축사 안에서 올라타는 것이다. 그렇게 타고 축사를 나가면 밖이라도 괜찮을 것 같았다. 며칠 후 마필 적응 테스트가 있으니 잘된 일이었다. 인터넷에서 찾아본 바로는 직접 말을 타보는 테스트라는 것이었다.

"고마워!"

녀석에게 인사를 하며 난간에 올라섰다. 녀석이 기다려주었다. 녀석의 등에 조심스럽게 올라탔다. 녀석이 허리를 아래로 내려 엉덩이를 편하게 받아주었다. 엉덩이가 편해지자 일부러 상체를 녀석의 등에 붙일 필요가 없었다. 녀석이 축사 통로로 나와 출입문 쪽으로 방향을 잡았다. 지는 해의 햇살을 정면으로 받고 있는 출입문은 커다란 빛 구멍이었다. 녀석이 나를 등에 태운 채 천천히 빛 구멍을 향해 걸었다. 눈이 부셨다.

"또각또각또각또각."

녀석의 발굽 소리가 축사 안에 울려 퍼졌다. 발굽 소리에 맞춰 나의 심장이 뛰었다. 참으로 조화롭고 안정된 박자였다. 출입문, 아니 빛 구멍을 통과하는 순간 녀석도 나도 한꺼번에 타버릴 것 같은 생각에 몸이 부르르 떨렸다. 출입문을 넘을 때 눈을 질끈 감았다.

"휘휴!"

출입문을 넘고 나서 숨을 몰아쉬었다.

"푸후훗!"

녀석도 나와 같았나 보다. 녀석도 머리를 흔들며 입속에 가뒀던 숨을 한꺼번에 뱉어냈다. 녀석의 침이 고르게 퍼진 햇살 속으로 튀며 무지갯빛으로 반짝였다. 다리를 벌려 녀석의 옆구리를 툭툭 찼다. 망설이던 녀석이 움직이기 시작했다. 드디어 녀석과 나는 축사 밖에서 한 몸이 되었다.

"모우우!"

늙은 개가 목을 길게 빼어 짖더니 길잡이라도 하려는 듯 녀석의 앞으로 뛰어나갔다. 그러자 녀석의 걸음도 빨라졌다. 늙은 개는 평지를 향해 뛰었지만 녀석은 울타리 쪽으로 곧장 가는 내리막길을 선택했다. 몸이 앞으로 쏠리며 녀석의 허리에서 엉덩이가 들렸다. 몸을 앞으로 숙여 가슴을 녀석의 등에 붙였다. 앞발의 울림이 가슴을 자꾸 튕겨냈다. 가슴의 무게 중심을 가랑이로 덜어 냈다. 그렇게 하자 안정적인 자세가 나왔다. 다음에는 오르막길이었다. 늙은 개도 녀석의 목적지를 알았는지 옆에서 나란히 뛰었다.

"이랴! 이랴!"

여유가 생겨 손으로 녀석의 목덜미를 툭툭 때렸다. 녀석의 호흡이 거칠어졌다.

"달려라, 우공일!"

나는 소리를 지르며 엉덩이를 힘껏 들었다 놓았다. 녀석이 힘을 내어 오르막길을 내달렸다. 잘해봐야 5분 안팎이었다. 녀석의 몸이 후끈 달아오르더니 김이 모락모락 솟았다. 울타리에 도착하자 녀석이 멈춰 섰다. 바람이 불었다. 땀이 식어 찬기를 느끼는지 녀석이 부르르 진저리를 쳤다. 나는 울타리의 말뚝을 딛고 녀석의 등에서 내려왔다.

"우공일 잘했다."

녀석의 볼을 두드려 주며 칭찬했다.

"오공일 잘했다."

나에게도 그렇게 칭찬해주었다. 얼른 울타리를 넘어가 돌콩 줄기를 걷었다. 녀석이 먹는 대로 자꾸 던져줬다. 녀석이 먹는 것을 보자 갑자기 배가 고팠다. 며칠 동안 몸살 기운에 제대로 먹지를 못했다. 피자 한 조각에 시원한 콜라를 들이키고 싶었다. 그것만 먹으면 펄펄 날아다닐 수 있을 것 같았다. 너무 먹고 싶어 참지 못하고 금주에게 전화를 걸었다.

"어쩌냐? 나 멀리 실습 나와 있거든."

금주가 어렵다고 했다.

"늦게라도 안 돼?"

나도 모르게 발을 동동 굴렀다. 완전히 투정부리는 아이 꼴이다.

"정말 미안해!"

실습만 아니면 당장 사 들고 올 듯한 목소리였다. 그래도 무척 서운해 전화를 뚝 끊었다. 형이 저녁 시간 전까지만 온다면 시내라도 나가야겠다. 이렇게 무엇이 죽을 것같이 먹고 싶었던 적은 없었다. 주머니에 넣었던 돌콩을 꺼내 입에 넣었다. 배불리 먹은 녀석이 울타리를 떠나 축사를 향해 걸어갔다.

배고픔은 참기 어려웠다. 축사 방에도 먹을 것이 하나도 없었다. 그렇다고 집에 올라가 형수에게 먹을 것을 달라고 할 수는 없었다. 건초 창고 뒤의 감나무가 떠올랐다. 까치가 날아드는 것을 보니 감이 남아 있을 듯했다. 부리나케 감나무로 가 장대를 휘둘러댔다. 홍시가 되어 박살이 났지만 다행히 건초 더미에 떨어져 먹을 만했다. 몇 개를 허겁지겁 먹었더니 배고픔이 덜해졌다.

저녁때가 되어도 형이 연락이 없었다. 전화를 걸었지만 전원이 꺼져 있었다.

"아이고오, 나도 몰라. 나도 모른다고."

형수가 외출 차림으로 축사로 내려왔다. 목장에 형이 없으면 나타나는 형수의 이상 행동이었다. 나보고 알아서 소들의 저녁을 주라는 뜻이다.

"집에 밥상 차려놨으니까 올라가서 먹어. 내가 안 돌아올 거라는 거 알지?"

안다. 형수는 나한테 목장을 통째로 떠넘기고 시내에 있는 언니네 집으로 갈 것이다. 초겨울 해가 지는 것은 순식간이다. 축사 두 동의 소와 송아지에게 사료를 주고 나니 움직일 힘이 없었다. 나는 방에 들어가자마자 씻지도 못하고 뻗어버렸다. 그대로 잠이 들었나 보다. 자동차 소리에 놀라 잠에서 깼다. 시계를 보니 밤 11시가 넘어 있었다. 신발도 못 신고 밖으로 나왔다. 형이 술에 취해 대리운전을 했다.

"다 내려갈 때까지 라이트 좀 비추고 있어라. 이럴 줄 알았으면 4, 5만 원은 받아야 되는데."

대리운전 기사가 승용차를 돌려 큰길로 내려가는 길을 비췄다. 큰길의 가로등이 있기는 하지만 목장으로 올라오는 비포장도로까지는 불빛이 닿지 않았다.

"젠장, 귀신 나오겠네."

대리운전 기사가 투덜거리며 떠났다. 승용차의 뒷문을 열자 술냄새가 진동을 했다. 형이 찬바람을 느꼈는지 늘어졌던 몸을 일으켰다.

"공일아! 이 형이 말이다. 피자하고 콜라 사왔다."

형이 눈도 뜨지 못한 채 옆자리를 더듬었다. 옆자리에는 피자 상자와 콜라 패트병을 놓여 있었다. 형을 부축해 방으로 옮겼다. 방 안이 따뜻한 탓인지 형이 젖은 빨래처럼 축 늘어져 버렸다. 겉옷을 벗기려고 끙끙거려 봤지만 허사였다. 그대로 놔둘 수밖에 없었다. 그 정도 시간이면 대리운전 기사도 큰길까지 걸어갔을 것이다. 밖으로 나와 승용차의 라이트를 껐다.

"야! 불 좀 켜놓으라니까?"

길 아래에서 대리운전 기사가 소리를 질렀다. 깜짝 놀라 라이트를 다시 켜고 승용차의 뒷좌석에 올라탔다. 피자 상자를 열었다. 피자가 식으면서 치즈 토핑도 딱딱하게 굳었다. 잊고 있었던 배고픔이 다시 몰려왔다. 목이 막혀 가슴을 툭툭 쥐어박으며 허겁지겁 피자를 먹기 시작했다. 콜라가 있다는 생각이 난 것은 피자 반판을 다 먹은 후였다.

죽음과 닿아 있는 이별

면접관들이 자퇴를 한 것을 가지고 집요하게 물고 늘어졌다. 무엇인가 숨기는 것이 있을 것이라고 끝까지 믿고 있는 듯했다.

"좋아요. 그렇다면 여기서 떨어지면 뭐 할 건가요?"

자퇴를 했으니 갈 곳이 없지 않느냐 이런 뜻일 거다. 그렇다면 합격을 시키든지. 아니면 왜 자퇴를 하고 그러느냐 이런 질책이겠지. 그런 이유라면 충분히 설명을 했다.

면접관이 떨어뜨리기로 마음을 굳힌 듯했다. 그렇다면 남이야 뭐를 하든 무슨 상관일까. 슬그머니 오기가 생기고 화가 났다.

"제 진심을 믿어주시는 면접관님을 만날 때까지 계속 응시할 겁니다."

무릎 위에 가지런히 올린 주먹에 힘을 주며 또박또박 대답했다. 손가락이 비스킷처럼 바삭 부서지는 느낌이었다.

"예, 수고하셨습니다."

면접관이 피식 웃으며 마지막 인사를 건넸다.

"수고하셨습니다."

나도 인사를 했다. 면접실을 나서자 눈앞이 노래졌다. 진정성이면 통한다는 금주의 말이 의심스러웠다. 왜 더러브렛 과정이 아닌 제주마 과정을 선택했냐는 질문에는 조금 머리를 굴리긴 했다. 교육 기간이 짧아서였지만 우리 국산마가 더 좋아서라고 했다. 그런 빤한 대답에는 면접관이 만족한 듯 머리까지 끄덕였었다.

"물론 잘했지. 질문이 쉽더라. 이제 입학만 하면 되는 거지. 야, 여기 진짜 좋다. 나중에 한번 놀러 와라."

한 수험생이 휴대전화를 붙들고 수다를 떨고 있었다. 면접을 잘 봤는지 목소리가 붕붕 떠다녔다.

"야, 그만 끊자. 미리 한번 둘러봐야 되겠다. 그래야 입학을 해도 낯설지 않지. 말? 기수 교육원인데 말이 없겠냐? 운동장에 수두룩하다. 아무 말이나 잡아타면 되는 거야. 하하하!"

완전히 뺑쟁이다. 운동장을 보니 말은 고사하고 개미새끼 한 마리 없었다. 수험생과 전화 통화를 하는 친구는 기수 교육원 운동장이 말 목장이라고 믿겠다. 휴대전화를 꺼내 전원 버튼을 눌렀다. 매너콜로 들어온 전화가 주르륵 떴다. 도금주도금주도금주…….온통 금주의 이름으로 도배가 되었다. 중간에 덧니처럼 낯선 번호

하나가 섞여 있었다. 번호를 찍어내 통화 버튼을 눌렀다.

"헤이, 돌콩! 어디야?"

한 번의 신호음이 채 끝나기 전인데 난데없이 고아영의 목소리가 튀어나왔다.

"……."

"어디냐니깐?"

귀청 떨어지겠다. 어떻게 내 전화번호를 알고 전화를 한 것인지. 수험생 대기장에서 고아영의 모습을 보지 못했다.

"며며, 면접 끝나고 가는 중이지."

말이 더듬어졌다.

"그러니까 어디냐니깐?"

"버스 타고 가."

거짓말을 해버렸다. 이런 기분으로 누구와 만나고 싶지 않았다. 특히 고아영은 더였다. 지난번 여학생들 앞에서 철저하게 무시를 하던 생각까지 겹쳐 기분이 영 아니었다. 전화가 뚝 끊겼다. 내가 끊은 것이 아니고 고아영 쪽이다. 완전 밥맛이다. 기수 교육원을 돌아 나오는 택시를 잡을까 하다가 그만두었다. 택시가 서행을 하며 내 눈치를 보더니 반응이 없자 시커먼 매연을 뿜어대며 내달렸다. 주먹 감자라도 먹이고 싶은 심정이었다.

완강하게 반대하던 형이 조건을 걸었다. 엄마에게는 당분간 이야기하지 말라는. 늙은 엄마는 기수가 무엇을 하는 사람인지 잘

모를 텐데 말이다. 목장에 사 왔다는 말과 도민이의 채찍과 기수 되는 것을 반대하는 것과 또 엄마에게는 비밀이라는 조건이 제각 각이었다. 하나로 묶으려 해도 도무지 연결이 안 되는 복잡한 퍼즐 게임 같았다. 그러나 이제 다 끝났다.

"빠앙!"

기수 교육원에서 나온 고급 승용차가 멈춰 섰다.

"야, 새꺄! 왜 거짓말을 치고 지랄이야."

유리문이 스르르 내려지더니 거친 욕설이 튀어나왔다. 고아영 이었다. 예뻐 보였던 코가 칼날같이 날카로워졌다. 떠밀리듯 나도 모르게 뒷걸음질을 쳤다. 고아영도 면접을 보았다는 얘기였다.

"이 새꺄, 타!"

끝까지 욕지거리였다. 면접 잘 못 본 것을 분풀이하려는 듯했 다. 나도 화가 머리끝까지 치밀었다. 열린 창문으로 흘끗 보니 아 줌마가 운전대를 잡고 있었다. 아줌마는 마치 남의 일처럼 잠자 코 있었다.

"그냥 좋은 말 할 때 가지? 너랑 말 섞기 싫으니까."

욕이 튀어나오는 것을 꾹꾹 참으며 대꾸를 했다. 속이 부글부 글 끓더니 구역질이 치밀어올랐다.

"우욱! 우욱!"

참지 못하고 길바닥에 토해버렸다. 또 한 번 욕지거리가 날아 오면 고아영을 향해 입안의 것을 사정없이 뿜어버리겠다고 마음

먹었다.

"병신 새끼!"

하필 입에 가득 물었던 내용물을 뱉어낸 후였다. 고아영은 끝까지 속을 뒤집어놓았다. 승용차가 출발을 했다.

"푸아아악!"

나는 멀어지는 승용차를 향해 고함을 질러댔다. 입안에 남아 있던 진득한 타액이 튀어나가다 다시 되돌아와 거미줄처럼 얼굴에 붙었다. 그 위로 눈물이 걷잡을 수 없이 흘러내렸다.

금주의 전화와 형의 전화가 번갈아가며 걸려왔다. 나중에는 엄마의 전화까지 합세를 했다. 전원을 꺼버릴까 하다가 무음으로 설정을 해버렸다.

전화번호 검색을 하여 영태의 전화번호를 찾아냈다. 그래도 그놈이 가장 만만했다. 단 정대와 무리를 짓지 않고 있다는 조건일 때 말이다. 시간을 보니 수업이 끝날 시간이었다.

"야, 오공일. 정말 반갑다."

영태가 너무 반가워하는 것이 껄끄러웠다. 정대에 대한 충성심을 발휘할 절호의 기회라고 생각할 수도 있었다. 상만이는 도민이 친구들에게 먼저 잡혀 정대를 불러냈다고 죽을 만큼 맞았다고 했으니까.

"야, 우리 조직 다 갈라졌다? 정대는 다른 학교로 전학 가자마자 퇴학당하고 상만이도 멀리 전학 갔다."

조직은 무슨……. 영태가 궁금했던 것을 먼저 말했다. 영태는 좀 비열한 구석은 있지만 잔머리를 쓰지는 못한다. 잔머리를 썼다면 내가 놈에게 연락을 한 이유부터 물었을 거다.

"나 돈 좀 필요하거든? 나중에 꼭 갚을게. 꿔줄 수 있지?"

주머니에 달랑 5000원 남짓이다. 어디든 떠나야 한다는 생각을 했더니 금방 돈이 떠올랐다. 돈이 떠오르자 자연스럽게 생각 난 것이 바로 영태다.

"나야 5만 원 정도는 항상 비상금이지. 아냐 아냐, 지금은 한 10만 원쯤 될걸?"

주머니를 뒤지는지 부스럭거리는 소리가 들렸다.

"그거면 됐어. 어디로 갈까? 아냐, 내가 학원동 근처에 가서 전화할게."

영태의 대답을 듣기 전에 전화를 끊었다. 혹시라도 영태의 말이 거짓일 수 있다는 생각이었다.

한 시간 정도 시간을 끌다가 학원동으로 갔다. 가면서 거리서점 앞을 만남 장소로 지정해뒀다. 거기는 사방에서도 훤히 보이는 곳이었다. 보습학원 비상계단에 몸을 숨기고 내려다보는 것이다. 아마 콧구멍을 벌렁거리는 것까지 관찰될 것이다. 영태는 똥 마려운 강아지처럼 동동거리며 나를 기다렸다. 관찰한 바로는 혼자였다. 그래도 주변을 살피며 영태의 뒤로 접근했다. 영태의 어깨를 건드리려는데 누가 나의 어깨를 먼저 건드렸다. 고아영이었다. 너무 놀라 그 자리에 주저앉을 뻔했다.

"야, 너희들 똑같이 온 거야?"

영태가 나와 고아영을 보더니 바보처럼 벌쭉 웃었다.

"헤이, 돌콩! 속은 괜찮냐?"

고아영이 방글방글 웃으며 물었다. 참 알 수 없는 계집애다.

"너희 둘, 오늘 기수 교육원에서 만난 거구나? 나는 그 생각 못 하고 소개해주려고 불렀지."

고아영이 영태와 아는 사이였다.

"예전에 PC방에서 만났을 때 말했잖아. 내 친구 중에 기수 하려고 하는 애가 있다고. 걔가 바로 아영이다. 우린 중학교 친구다."

영태가 자랑스럽다는 듯 말했다. 참 황당한 일도 다 있다. PC방에서는 어떻게 하든 달라붙으려고 지어낸 이야기인 줄 알았었다.

"야, 배고프다. 돌콩은 더 할 거다."

고아영이 근처 햄버거 가게로 방향을 잡으며 말했다. 토해버린 것을 은근히 비웃는 것이었다. 따라 들어가야 되느냐 마느냐 고민이 되었다. 영태가 눈치 없이 돈을 불쑥 내밀면 더 창피하다. 가게로 들어가기 전에 해결을 해야 할 문제였지만 도무지 틈이 없었다.

"야, 빅맥 세트 두 개에 새우 버거 하나!"

고아영이 영태에게 주문을 하며 먼저 자리를 잡고 앉았다. 영태가 계산을 하고 갈 테니 앉으라고 떠밀었다. 그런 영태와 나를 고아영은 말끄러미 지켜보고 있었다. 고아영이 손가락을 까닥거렸다. 와서 앉으라는 뜻이다.

"헤이, 돌콩. 이리 오라니까?"

내가 머리를 돌리자 가게가 떠나가도록 소리를 질렀다. 창피해서 얼른 자리로 가서 앉았다.

"나도 제주마 과정이다."

너도 그렇지? 고아영이 눈으로 물었다. 더러브렛 과정이면 어떻고 제주마 과정이면 어떻다는 말인지. 면접관이 떨어뜨리려고 작정을 하고 대들더라는 소리를 차마 못하겠다.

"왜 자퇴를 했냐고 물었겠지 뭐."

고아영이 혼잣소리처럼 중얼거렸다. 나는 몸을 후드득 떨었다. 자퇴를 한 것이야 영태가 말했을 테지만 면접관이 질문한 내용을 알고 있는 것이 놀라웠다.

"나는 기수 후보생에 붙기만 하면 미련 없이 자퇴를 한다고 했다."

그렇다면 고아영도 당연히 불합격이었다. 면접관들은 학교에 절대적으로 목숨을 걸고 있는 사람들 같았다. 영태가 햄버거가 담긴 쟁반을 들고왔다.

"자, 햄버거 사고 남은 돈 전부다. 9만 원쯤 될 거다."

영태가 눈치 없이 돈을 모조리 꺼내놓았다.

"너와 나는 꼭 붙는다. 제대로 된 면접관이라면 우리를 절대 못 떨어뜨리지. 그러니까 이런 돈 너한테 필요 없는 거고."

고아영이 돈을 싹 쓸어갔다.

"나는 바빠서 간다. 헤이, 돌콩! 기수 교육원에서 만나자."

고아영이 새우 버거를 크게 베어 물며 가게를 나갔다.

"와! 멋있다. 저래서 내가 고아영을 좋아한다니까."

영태가 입을 딱 벌리며 그런 고아영을 바라보았다.

고아영을 만나고 나서 이상하게 기분이 좋아졌다. 영태와 함께 빅맥 세트를 배불리 먹고 얼른 헤어졌다. 고아영이 그렇다면 그런 거라며 영태가 맹목적으로 고아영을 지지했다. 그것도 마음에 들었다.

버스 정류장에서 내려 목장으로 걸어 올라가다가 내려오는 형의 승용차와 마주쳤다. 전화를 받지 않은 것이 마음에 걸려 숨어 버릴까 하다가 그만두었다. 형이 승용차에서 내렸다.

"공일이 너 그럴래?"

형의 목소리가 심상치 않았다.

"잘된 일이다. 검정고시 준비를 해라."

형이 화를 참는 것이 분명했다. 말 속에 가끔 떨림이 묻어났다. 형은 면접에서 떨어졌다고 생각하고 있었다. 고아영의 말에 위로가 되었어도 솔직히 붙었다고는 자신할 수 없었다. 형의 생각처럼 떨어졌다는 쪽에 더 비중이 컸다. 그래도 궁금한 것은 남았다.

형이 왜 기수를 하지 말라고 했으며 또……

"네 아버지 말이다."

형이 뜬금없이 아버지 이야기를 꺼냈다.

"개인마주제라고 있다. 개인이 말을 사서 경마에 출전시키는 것인데 투자를 해서 마주를 하면 돈을 많이 번다고 했나 보더라. 그래서 빚을 내서 투자를 했는데 사기였단다. 나중에 빚을 감당하지 못해 개인택시도 팔고 그러다가 그렇게 돌아가신 거다."

"……"

"아버지가 돌아가시고 한참 있다 어느 목장에서 연락이 왔더라. 말 찾아가라고. 아마 사기꾼들이 경마에 나가는 말이라고 속였나 보더라. 목장에서도 사육비를 안 대니까 연락을 한 것이고. 그래서 우리 목장으로 잠깐 데리고 왔었다."

비로소 형수가 했던 말이 이해가 되었다.

"뒤늦게 사기꾼에게 당한 것을 알고도 네 아버지는 말에게 참 끔찍했던 모양이더라. 목장 주인의 말로는 한 번도 사육비를 건너뛴 적이 없고 돌아가실 것을 알고 그랬는지 3개월 치 사육비까지 미리 지불도 했고. 그래서 엄마가 말이라면 기절을 한다."

형이 엄마의 이야기로 마무리했다. 도민이의 채찍에 대해 묻고 싶었지만 참았다. 그리고 아버지가 투자를 했다는 아버지의 말도 궁금했다. 초등학교 6학년 때니까 어림잡아 5년이 지난 일이었다.

"몸 소독하고 축사에 들어가라."

목장은 요즘 구제역 때문에 비상이다. 인근 마을에서 구제역이 발생했다고 난리다. 구제역이 휩쓸면 목장은 망하는 거다. 방송에 보니까 병에 걸린 소를 묻기도 했다. 형은 며칠째 예방접종을 하고 방역 소독차를 불러대고 축사 출입 제한에 온 신경을 쏟았다. 금주도 당분간 목장에 출입 금지였다.

형이 시내로 나가고 나는 목장으로 올라왔다. 분무 소독을 하고 축사의 방으로 들어오자 금주가 전화를 했다. 세어보지는 않았지만 낮부터 열 통화는 넘을 것이다. 전화를 받자 금주가 울음부터 터뜨렸다. 반가워서 그러는 줄 알고 미안한 마음에 참고 기다렸다. 우느라 말을 못하던 금주가 큰기침을 하여 목을 다듬고 나서 말했다.

"어쩌냐? 우공일이가 구제역에 걸렸대."

금주가 장난을 치는 줄 알았다. 길에서 마주친 형도 녀석에 대해 한마디도 안 했다. 구제역이라면 소에게는 치명적이었다. 당장 죽지 않아도 증상이 나타나면 강제로 살처분을 해야 하는 무서운 병이다.

"계속 소독도 하고 예방접종도 했어. 절대 그럴 리 없어."

그렇게 믿고 싶었다. 그러나 나는 이미 방에서 나와 축사의 불을 환하게 밝혔다. 축사 통로를 걷는데 다리가 후들거렸다. 제발…… 빌고 또 빌었다. 거짓말처럼 녀석의 모습이 감쪽같이 사라졌다. 다리에 힘이 풀려 털썩 주저앉았다. 녀석의 축사 바닥은

깨끗하게 치워져 소독약이 홍건했다.

"야, 오공일! 오공일!"

그때까지 금주의 전화가 끊기지 않았다. 금주의 다급한 목소리가 전화기에서 쏟아졌다.

"아니지? 사실이 아니지?"

더 이상 다른 말이 필요 없었다. 아니길 바랐다.

"우공일이 아직 목장에 있대. 내일 방역팀들이 끌고 갈 거야."

"목장에 있다고?"

전화기를 귀에 붙이며 소리를 쳤다. 다른 축사의 소들이 놀라서 웅성거렸다.

"격리를 시켰을 거야. 내 생각에는 분뇨 창고인 것 같은데 마지막으로 한 번 가서 보든지. 나도 가고 싶은데……. 아냐, 갈 거야. 기다려!"

금주가 전화를 뚝 끊었다. 허겁지겁 방으로 돌아와 겉옷을 챙겨 입었다. 그나마 녀석이 목장에 있다니 다행이다. 분뇨 창고로 달려가는데 마지막이라는 금주의 말이 자꾸 다리를 걸었다. 해가 지면서 분뇨 창고 주변은 더 어두워졌다. 귀신이라도 나올 듯 을씨년스러운 분위기에 얼굴에 부딪는 바람이 섬뜩하게 차가웠다.

"음모오!"

녀석의 울음소리다. 울음소리는 깊고 진했다. 창고에 들어서자 어둠이 더 짙었다. 창고에 깔린 어둠보다 더 시커먼 어둠 덩어리가 조용히 움직였다. 푸르스름하게 두 눈이 보일 만도 한데 녀석은 끝내 눈빛을 보여주지 않고 서 있었다.

"야, 우공일!"

울음이 먼저 튀어나오려고 해서 손바닥으로 입을 턱 막았다. 녀석이 움직임을 멈췄다. 어둠이 경계 없이 무너지면서 하나로 섞였다. 장님처럼 손을 앞으로 더듬으며 녀석을 향해 한 발 한 발 다가갔다. 녀석이 좀처럼 손에 잡히지 않았다.

"야, 우공일!"

녀석을 다시 불렀다. 한쪽 구석에서 푸르스름한 빛이 떠올랐다. 어느 틈에 녀석은 더 멀리 달아나 있었다.

"괜찮아, 그 자리에 있어. 도망치지 마."

녀석이 눈빛을 다시 거둘까 봐 얼른 다가갔다. 나는 녀석의 목을 힘껏 끌어안았다.

"야, 이러면 안 되는 거잖아. 흑흑흑!"

참지 못하고 울음을 터뜨렸다. 녀석이 귀를 펄럭거려 쓰다듬듯 내 머리를 다독였다. 따뜻한 기운이 녀석의 몸에서 내 몸으로 은근하게 전해졌다. 녀석과 나는 그렇게 오래도록 한 몸이 되어 있었다.

한숨 푹 자고 일어나면 말짱해지는 꿈이었으면 좋겠다.

"너, 나랑 아주 멀리 도망칠래?"

정말 그렇게 하고 싶었다. 그렇다면 당장 죽지 않아도 되었다.

혹시 병이 나을 수도 있을 것이고. 다른 소들에게 병을 옮긴다는 것은 그다음 문제였다. 지금 나한테는 녀석이 우선이었다.

"가자! 나랑 함께 도망치자."

녀석의 목을 끌어안고 소리쳤다. 녀석이 꼼짝도 안 했다. 그렇다. 녀석은 고집불통이다. 강제와 강압에는 선천적으로 거부 반응을 일으키는. 녀석을 축사에서 끌어내듯이 내가 먼저 길을 터보는 것이다. 지금으로서는 그 방법밖에 없는 듯했다. 녀석의 앞에 섰다. 그리고 천천히 출입문 쪽을 향해 걸어갔다. 녀석이 따라와 주기를 간절히 바라며.

"음모오!"

따라와 주기는커녕 녀석은 더 깊숙이 창고 구석으로 파고들었다. 이제 눈빛까지 거둬들여 단단한 어둠 덩어리가 되었다.

"야, 이 새꺄. 그럼 죽는단 말야. 나가라고! 어서 도망치자고!"

녀석에게로 다가가 닥치는 대로 주먹을 내지르고 발길질을 했다. 주먹이 깨지고 발이 떨어져 나가는 듯했다. 그래도 녀석은 꼼짝하지 않았다. 바로 이럴 때 채찍이 필요하다. 금주에게 맡겼던 채찍이.

"야, 오공일. 그러지 마!"

손전등 불빛과 함께 금주가 나타났다. 손전등 불빛이 창고 안의 어둠을 쩍쩍 갈랐다.

"채찍 갖고 왔어? 이 자식 도망치게 해야 돼. 채찍을 맞아야 도망칠 거라고."

금주를 향해 울면서 소리를 질렀다.

"그래 봐야 다 소용없어. 그냥 편히 쉬게 놔둬."

금주가 손전등 불빛을 녀석의 얼굴에 고정시켰다. 녀석은 눈을 감고 있었다. 지그시 감은 눈꺼풀 사이로 녀석의 눈물이 조용히 배어 나왔다. 녀석의 입 주위에는 잘 익은 앵두 알처럼 많은 물집이 잡혔다. 녀석이 다리를 꺾더니 풀썩 주저앉았다. 불빛에 드러나는 녀석의 앞발굽이 깨져 나가 있었다. 깨진 자리에도 물집이 잡혔다. 금주는 손전등 불빛을 이리저리 비추며 녀석의 상태를 살폈다.

"이제 도망치고 싶어도 못 도망쳐. 이렇게 주저앉으면 어쩔 수 없는 거라고."

금주의 말로는 절망적이라는 것이다. 나는 녀석의 머리맡에 쪼그려 앉아 녀석의 볼을 자꾸만 쓰다듬었다. 녀석이 힘겹게 눈을 떠서 나와 눈을 맞췄다.

"기운 좀 내보자. 응? 너 이런 애 아니었잖아. 흑흑흑!"

녀석의 눈가에 흐른 눈물을 닦아 주었다.

"만지지 마. 구제역은 전염성이 강해. 그러다 다른 소까지 걸릴 수 있어. 네가 구제역의 매개가 되는 거라고."

참 인정도 없다. 한달음에 달려온 것도 녀석으로부터 나를 떼어 놓으려고 그랬던 것이다. 금주가 무릎으로 자꾸 내 몸을 밀었다.

"다른 소들은 괜찮은지 모르겠다."

금주가 걱정을 했다.

"너희들 여기서 뭐 하니? 어서 떨어지지 못해?"

형이 돌아왔다. 형에게서 술 냄새가 확 풍겼다.

"형! 얘 보내면 안 돼요. 보내지 마요."

두 번째로 불러 보는 형이라는 호칭이다. 나는 형의 옷자락을 잡고 매달렸다. 두 번 다 녀석 때문에 형이라고 불러보는 것이다.

"나도 마음이 아프다. 그러나 어쩔 수 없어. 도둑들에게 끌려가다가도 도망쳤던 놈인데……."

형은 아직도 녀석이 그런 줄 굳게 믿고 있었다.

"오늘 검사 결과 나왔는데 다른 소들은 다행히 이상이 없다더라. 이놈이 대표로 구제역에 걸렸나 보다."

갖다 붙이기도 잘한다. 병에 걸리는 데 대표가 어디 있는가. 금주나 형이나 똑같았다.

"정말요? 잘되었다. 정말 다행이다."

금주가 펄쩍펄쩍 뛰었다.

"공일이도 당장 집으로 돌아가라. 이놈과 그렇게 몸을 비벼대고 축사에 들어가면 절대 안 돼. 내가 방에 있는 짐 싸놓을 테니 얼른 와라."

형이 나까지 쫓아내려고 했다. 형이 창고를 나갔다.

"그래, 아찌 말이 맞아. 다른 소까지 다 전염을 시키면 큰일 나.

미리미리 예방접종을 했으니까 이 정도로 피해 가는 거지."

금주가 형의 말을 거들었다.

"음모오!"

녀석이 힘겹게 머리를 들고 울음소리를 냈다. 녀석의 입에서 거품이 튀었다.

"침에도 바이러스가 있다고. 좀 떨어지라니까?"

금주가 바락 신경질을 냈다. 금주에게 떠밀려 창고를 나왔다. 이제 내 힘으로는 녀석을 어쩔 수 없었다. 녀석을 위해 해줄 일이 하나도 없었다. 그것이 속상하고 슬펐다.

"잘됐어. 아찌도 술 드신 것 같으니까 우리 같이 걸어서 나가자."

금주가 손전등으로 길을 비추며 손을 잡았다. 아주 차가웠다. 금주의 손에서 손을 빼내 주머니에 찔렀다. 그것이 훨씬 따뜻했다. 손가락 끝에 작은 알갱이 하나가 잡혔다. 분명히 돌콩이다. 주머니에 넣고 다니며 다 꺼내먹었다 생각했는데…….

"자, 잠깐만. 잠깐만 기다려."

금주의 손에서 손전등을 빼앗아 목장 울타리를 향해 달렸다. 마지막으로 녀석에게 좋아하는 돌콩 줄기를 걷어다 먹이고 싶었다. 바짝 말라 헛구역질이 올라오는 입안을 돌콩의 비린내로 다스려야 되겠다는 생각도 들었고.

"야, 오공일! 어디 가."

"돌콩 줄기 좀 걷어다 주려고. 저 자식이 엄청 좋아하잖아."

쫓아오던 금주가 멈췄다. 기다려 주기로 마음을 먹은 모양이었다. 목장 울타리까지 가는 길은 참 멀었다. 몇 번을 넘어졌다 일어섰다. 손전등 불빛으로 울타리를 훑었다. 바짝 마른 돌콩 줄기가 가시철조망을 감고 있었다. 손전등을 내려놓고 두 손으로 돌콩 줄기를 걷었다.

"야, 오공일! 빨리 와."

목소리만 들릴 뿐 금주의 모습이 어둠에 묻혔다. 녀석이 갇혀 있는 분뇨 창고도 또 그 속에 있는 녀석도. 돌콩 줄기를 안고 어둠 속으로 걸어 들어갔다. 손으로 더듬었더니 꼬투리가 잡혔다. 나는 머리를 숙여 입으로 꼬투리를 땄다. 꼬투리를 깨물자 두 알의 돌콩이 입속에서 댕글댕글 굴렀다. 그중 한 알은 혀 밑에 숨겨 두고 한 알을 어금니 위에 올렸다. 힘을 주어 돌콩을 깨물자 비릿한 맛이 입안에 가득 퍼졌다. 깔깔하게 말랐던 입안에 침이 흥건하게 고였다.

"먹지도 못할 텐데. 괜한 짓 하고 있어."

금주가 투덜거리며 따라왔다. 녀석은 여전히 다리를 꺾은 채 엎드려 있었다. 나는 녀석의 입 앞에 돌콩 줄기를 내려놓았다.

"우공일, 먹어!"

나도 혀 밑에 감춰 두었던 돌콩을 꺼냈다. 그사이 침에 불었는지 돌콩이 쉽게 깨물어졌다. 녀석이 혀를 내밀어 돌콩 줄기를 입안에 감아 넣었다. 녀석의 턱이 천천히 움직였다.

"이상하네? 이 정도면 입을 딱 닫는데."

금주가 머리를 갸웃거렸다. 그것도 구제역의 증상인 듯했다. 녀석과 나는 아주 맛있게 식사를 했다.

"고맙다, 우공일!"

나는 녀석에게 인사를 했다. 그리고 일어서서 창고를 나왔다.

"아이 참, 눈물 나게 하고 있어."

금주가 눈가를 닦았다. 축사의 출입문에 불이 환했다. 형이 짐을 챙기러 방으로 들어갔나 보다. 이제 녀석과는 영영 이별이었다. 이별은 잔인하게 녀석의 죽음과 곧장 닿아 있었다.

"지금 떠나는 것이 잘하는 거야. 방역팀에게 끌려가는 것 정말 못 봐."

금주의 목소리에도 울음이 실렸다. 맞는 말일지도 모르지만 내가 너무 비겁해 보였다. 비겁해서 자꾸 뒷모습이 부끄러워졌다. 한 번만 더 울음소리를 낸다면 녀석을 아침까지 지킬 것이다. 축사로 올라오면서 귀를 쫑긋 세우고 녀석의 울음을 기다렸다. 그러나 녀석은 울지 않았다.

겨울잠에서 깨어나다

"저 자퇴했습니다!"

수업이 끝날 무렵 고아영이 손을 번쩍 들고 소리쳤다.

"그래, 약속을 지켜줘서 고맙다. 소감은 어떤가?"

교관이 고아영의 면접관이었나 보다.

"겨울잠에서 깬 듯합니다."

고아영이 화끈하게 대답했다. 겨울잠에서 깨다. 아주 멋진 비유
였다. 돌콩 시를 낭송할 때도 그렇고 고아영에게는 외모와 행동
과는 다른 어떤 범상치 않은 기운이 느껴졌다. 녀석과 이별을 한
후, 나는 죽은 듯이 겨울잠을 잤다. 어쩌면 내가 살아온 18년이라
는 시간의 전부가 겨울잠인지도 모르겠다. 고아영의 말처럼 기수
교육원의 입학으로 나는 겨울잠에서 깨어난 것이다. 하루하루 세

상이 달라 보였다.

"왜지?"

교관이 짓궂게 물었다.

"학교라는 것이 다 그렇잖아요."

고아영의 의도는 다른 데 있는 듯했다. 장애마술 시간인데 비가 오는 바람에 실내 수업이었다. 실습 위주로 이뤄져야 되는데 이론을 따르자니 따분한 수업이 되었다. 교관의 교수 방법도 지루했다. 교관도 눈치를 챘는지 표정을 바꿨다.

"알다시피 150%의 인원이다. 100%만 남기고 나머지 50%는 떨어져 나가는 거다. 그래서 가입학이라고 한다. 착각하지 말도록."

교관이 엄포를 놓았다. 앞으로도 50%라는 수치를 담보로 교관은 교육생들에게 수시로 압력을 가할 것이다.

"50%를 당연히 자른다는 그 생각이 바로 착각 아닌가요?"

고아영이 교관의 말에 반박을 했다. 교관의 눈썹이 꿈틀거렸다.

"물어보세요. 여기 누가 억지로 집어넣어서 온 사람 있나요? 내신 성적에 맞춰왔나요? 아니잖아요. 교육을 받다가 다친다거나 체중이 오버가 된다거나 또 말 타기 싫어 나간다면 몰라도요."

수업 분위기가 일순간에 싸늘해졌다.

"그래서 하고 싶은 말이 뭔데?"

교관이 소리를 버럭 질렀다.

"착각하지 말라는 말 취소하세요. 기분 나빠요."

고아영은 조금도 지지 않았다. 교육생들도 머리를 끄덕이며 동조를 했다.

"좋아, 취소를 한다. 내가 착각하지 말라는 말은……."

분위기 때문에 취소는 하지만 인정은 안 하겠다는 태도다.

"열심히 하라는 뜻이겠네요. 저희도 다 안다고요."

고아영이 변명의 여지를 남기지 못하도록 교관의 말을 딱 잘라먹었다. 교관이 손목시계를 한참 동안 내려다보더니 교실을 나가버렸다.

"제주마들은 이제 죽었다."

교육생 중에서 누가 말했다. 더러브렛 과정의 교육생이겠지.

"이게 바로 제주마의 근성이야. 건들지 마."

고아영이 벌떡 일어서며 말했다. 고아영이 교실에서 나가자 여기저기에서 수군거림이 일었다. 그중에 '고똘'이라는 소리가 귀에 쏙 박혔다. 고아영이 분명 제주 고씨일 거라는 말도. 고라는 성씨에 '똘'을 붙인 것은 제주 삼다의 하나인 '돌'일 듯싶다. 아니면 '또라이'라는 뜻일지도. 별명도 참 잘 짓는다.

대부분 교육생들은 더러브렛 과정과 제주마 과정을 중복 지원했다. 처음부터 제주마 과정을 단독으로 지원한 교육생은 나와 고아영을 포함하여 대여섯 명이었다. 중복 지원한 교육생들도 말과 접해본 후 대부분 더러브렛 과정으로 진로를 잡았다. 자격지심일까? 교관들도 교육을 시키면서 더러브렛 과정에 더 신경을 쓰는 듯했고 교육생들도 우월감에 어깨를 올리고 다녔다.

"야, 돌콩! 나 좀 보자."

교실을 나갔던 고아영이 다시 돌아와 출입문에 서서 큰 소리로 불렀다. 기수 교육원에 입학을 한 후 아는 척을 하는 것이 처음이다. 고아영이 나를 똑바로 쏘아보지 않았더라면 돌콩이 누군지 아무도 몰랐을 거다.

"이리 좀 나와보라니깐?"

고아영이 말끝을 쭉 올렸다. 언제 터질지 모르는 시한폭탄처럼 위태롭다. 머뭇거리다 자리에서 일어났다. 교육생들의 시선이 한꺼번에 몰렸다.

"돌콩? 크크큭!"

누군가 터지는 웃음을 억지로 눌러댔다.

"별명이 딱이다. 난 악빨이라고 지어주려고 했는데."

악바리의 준말일 거다. 돌콩보다 훨씬 낫다. 기수 교육원 정문을 들어오면서 내가 결심한 것이 있었다. 도민이가 다시는 빈정거리지 못하도록 죽을 만큼 버르적거리자였다. 진즉에 좀 지어주지. 틀림없이 고아영을 '고똘'이라고 불렀던 교육생일 것이다. 교실을 나가는데 가슴이 두근거렸다.

"도금주가 여자 친구냐?"

고아영이 대뜸 물었다. 금주가 고아영을 아니까 고아영도 금주를 알 수는 있겠다. 아니면 입학식 날 금주가 따라와 주었으니까 봤던지.

"그걸 너한테 말해야 되냐?"

머리에서 이렇게 저렇게 이야기가 엮이는데 입에서는 엉뚱한 말이 튀어나왔다. 솔직히 고아영에게 무척 서운했다. 고아영은 빡빡한 교육 일정 전부를 같이 붙어 다니면서도 철저하게 나를 외면했다. 내가 먼저 아는 척을 하려 해도 틈이 없었다. 전체 일곱 명의 여자 교육생 중에서 고아영이 단연 돋보였다. 첫날부터 고아영은 남자 교육생들의 벽에 겹겹으로 쌓여 있었다. 투정을 부린다는 것이 다분히 도전적인 응답이 되어버렸다. 느닷없는 반격에 고아영이 당황했다. 수업이 있어 고아영보다 먼저 교실로 돌아왔다. 아무런 소득도 없이 교육생들에게 별명만 고스란히 노출시켰다.

"자, 이번 시간에는 말의 악벽에 대해 알아보는 시간입니다."

교실의 불이 꺼지고 화면에 동영상이 떴다. 실물이든 그림이든 말이 곁에 있으면 일단 교육생들은 눈이 반짝거렸다. 악벽이라는 단어의 뜻을 설명하기라도 하듯 무는 말, 차는 말, 몸을 흔드는 말, 뒤로 물러서는 말……. 못된 버릇을 가진 말들이 총출동이 되었다. 표정도 제각각이고 행동도 별스러웠다. 특히 항벽에서는 동영상의 분량이 길었다. 반항을 하는 말이다. 그 말은 사람의 손길과 관심 자체를 거부했다. 문득 그 녀석, 우공일이 생각났다.

가출을 해 버렸으면 돌아오지나 말지. 아쉬운 마음에 입속으로 중얼거렸다. 그랬더라면 구제역에 걸리지 않았을지도 모른다. 녀석도 화면 속의 말처럼 처음에는 사람의 손길 자체를 싫어했다. 억지로 몸에 손을 대기라도 하면 결벽증 환자처럼 그 부위 근육을 툭툭 움직여 털어냈다. 녀석이 나에게 마음을 연 것은 무관심이었다. 철저하게 녀석을 무시했더니 오히려 녀석이 나에게 관심을 보였었다.

동영상은 일반 악벽의 설명을 끝내고 다음에는 발주 악벽으로 넘어가 있었다. 발주대에서 나타나는 버릇들인데 진입 거부, 진입 주저, 돌출, 고착, 후퇴, 기립. 특히 갑자기 앞발을 들고 일어서는 버릇에서는 타고 있던 기수가 떨어졌다.

"와아!"

교육생들이 탄성을 질렀다. 국내 동영상은 아니지만 최악의 악벽마라는 제목의 동영상이 떴다. 기수가 기승을 하자마자 마구 요동을 치는 것도 모자라 머리로 아무것이나 들이받으며 날뛰는 모습은 손에 땀을 쥐게 했다. 말에서 떨어진 기수는 큰 부상 없이 피했지만 말은 한참 동안 더 날뛰다가 거품을 물고 쓰러져버렸다. 거기에서도 또 그 녀석 우공일의 기억이 떠올랐다. 축사에서 억지로 내보내자 무려 네 시간 동안이나 날뛰다 지쳐서 쓰러지더라는.

동영상이 끝나자 교실에 불이 켜졌다. 교육생들의 얼굴이 하얗게 질려 있었다.

"자, 이보다 더 심하고 예상치 못한 버릇도 많습니다. 아무리 순치된 말이라도 이런 버릇들은 잠재되어 있다고 생각해야 합니다. 기수가 되려면 충분히 각오를 해야 할 겁니다."

교관은 아예 겁을 주기로 작정을 한 듯했다. 수업이 끝났지만 교육생들은 한참 동안 충격에서 벗어나지 못하고 있었다.

오늘은 말들의 야간 급수 당번이다. 몇 번 해 봤지만 보통 일이 아니었다. 단순히 말에게 먹을 물만 떠다주는 것이 아니라 수십 마리의 말들의 잠자리를 살펴주어야 한다. 분명히 더러브렛 과정의 정구와 한 조였었다. 마방에 나타난 것은 고아영이었다. 흠칫 놀랐지만 시치미를 떼고 물통을 고아영에게 내밀었다. 나로서는 쉬운 일을 하라는 배려였다. 물통을 받았더라면 일을 하다가 슬쩍 말을 걸어볼까도 생각 중이었다. 고아영이 걸쇠를 젖히고 마방 안으로 들어갔다. 잠자리 정리를 하겠다는 것이다. 고아영은 악벽 중에서도 제일 못된 항벽을 가졌다. 무조건 반항하는 태도였다. 고아영의 악벽은 무관심으로는 안 될 듯했다. 이미 나를 만만하게 보고 있기 때문이다. 어차피 쉽게 풀어질 문제가 아니라면 적어도 자존심 하나는 지키고 싶었다. 그러기 위해서는 세게 나가는 수밖에 없었다.

물을 떠와 첫 번째 마방 안을 들여다보았다. 고아영이 벌써 잠자리 정리를 마치고 철수했다. 물을 쏟아부어 주고 달렸다. 두 번

째 마방에서도 늦었다. 더 힘껏 달렸다. 드디어 세 번째 마방에서
고아영과 마주쳤다. 물을 쏟아부어 주고 나는 일부러 물통을 마
방 안으로 떨어뜨렸다.

"야, 고똘! 물통 좀 갖고 나와."

고아영이 들은 척도 안 했다. 기대했던 일도 아니다.

"물통 좀 갖고 나오라니깐?"

고아영이 내게 그랬던 것처럼 똑같이 말꼬리를 쭉 올렸다. 다
갚아주는 거다. 고아영이 손을 탁탁 털더니 물통을 집으며 얼굴
을 들었다. 머리카락이 얼굴의 반은 덮고 있었다. 고아영이 입김
을 푸! 하고 내뱉어 머리칼을 휘리릭 날렸다. 그와 동시에 쾅 하
는 소리가 났다. 물통이 바닥에 내팽개쳐졌다.

"병신 새끼!"

씹어뱉는 듯한 욕지거리를 분명히 들었다. 그러나 내 눈에는
고아영의 허벅지에 꽂히는 말발굽이 동영상으로 잡혔다. 놀란 말
이 발차기를 해버린 것이었다. 그런데도 고아영은 비명 한마디
안 지르고 바닥에 쓰러졌다. 고아영이 쓰러지자 말이 흥분을 했
다. 잘못하다가는 발에 밟힐 것 같았다. 허겁지겁 마방 안으로 들
어가 고아영을 온몸으로 막았다. 말이 몸을 틀어 엉덩이로 내 몸
을 툭 쳤다. 굉장한 힘이었다. 나는 마방 한쪽으로 날아갔다.

"푸흐흥! 푸륵푸륵. 푸흐흥!"

사람 둘이 쓰러지자 말도 겁이 났나 보다. 말이 그 자리에서 꼼

짝 않고 서서 목을 길게 빼고 소리를 질러댔다. 마방 당직 직원이 달려왔다.

"어, 어떻게 된 거야? 차인 거야? 밟힌 거야?"

직원이 먼저 고아영을 부축해 마방 밖으로 나갔다. 나도 일어섰다.

"움직이지 말고 기다려."

직원이 말했다. 직원은 내가 발굽에 차여 구석으로 날아간 줄 알았다. 발굽에 차인 것은 고아영인데. 직원이 내 겨드랑이에 팔을 껴서 거의 안다시피 하며 마방을 나왔다.

"내가 그럴 줄 알았다."

직원이 말을 보고 한마디 했다. 익숙하지만 나한테는 아주 듣기 싫은 소리였다. 잘못이 있다면 고아영이다. 괜히 죄 없는 말이 덤터기를 쓰고 있는 것이었다.

"말 잘못 아니에요. 내가 잘못한 거지."

그래도 양심은 있었다. 고아영이 일어서려다 허벅지를 짚으며 다시 주저앉았다.

"원래 저놈이 축벽이 있어. 여기 주의 사항에 적혀 있잖아. 안 읽어봤어?"

직원이 마방 앞에 걸린 표지판을 가리켰다. 품명 제주마, 이름 차디찬. 나이 4세, 성별 수, 특징 축벽. 자세히도 기록해놨다. 그런 표지판이 걸려 있는지 오늘 처음 알았다.

"마방에 들어가려면 먼저 이것을 읽어봐야지. 얼른 의무실로 가 보자."

직원은 나를 부축했다. 멀쩡한 나는 그렇게 직원의 부축을 받았고 정작 발굽에 차인 고아영은 혼자 절룩이며 걸었다. 기분이 괜찮았다.

내가 발굽에 차였다는 소리가 기수 교육원에 쫙 퍼졌다. 발굽에 차이면서도 고아영을 보호해줬다는 근거 없는 소문도 함께. 고아영이 이틀 동안 의무실 생활을 했다. 다행히 타박상일 뿐 뼈에는 이상이 없다고 했다.

"그러다 고똘 탈락되는 거 아냐?"

정구가 걱정을 했다. 고아영이 교육에 빠지자 교육생들은 공공연하게 고아영을 고똘이라고 불렀다.

"근데 왜 당번을 바꿨어?"

물으면서 나는 고아영이 바꿔달라고 했다고 대답해주기를 바랐다. 분명히 정구가 나와 같은 조라는 것을 알았을 테니까.

"네가 고아영과 친한 것 같아서 내가 해달라고 했지. 배가 많이 아팠거든."

기대가 한순간에 무너졌다.

"친하긴 무슨……."

더 이상 정구와 나눌 말이 없어졌다. 마방 사건으로 나는 영웅이 되었고 상대적으로 고아영의 처지가 곤란해졌다. 정구가 걱정을 할 정도면 다른 교육생들도 그렇게 생각을 하고 있다는 뜻이다. 교육생들은 50%라는 숫자에 신경을 곤두세우고 있었다. 부득이하게 서로가 경쟁자일 수밖에 없는 것이었다.

"띠릭!"

짧은 문자가 들어왔다. 낯선 번호다.

"좀 봐. 휴게실."

반말을 할 정도로 지내는 교육생은 방금 만난 정구밖에 없었다. 모두들 나보다 나이가 많았고 일단은 친해지지 않아서였다. 교육생 대부분은 고등학교를 졸업하고 들어왔다. 일부는 대학을 다니다 휴학을 하고 온 사람이며 교육생 평균 연령이 20세였다. 중학교를 마치고 들어온 사람은 정구가 유일했고 나는 고등학교 자퇴생, 고아영은 입학을 하고 나서 스스로 고등학교를 자퇴해버린 아주 특이한 경우였다. 셋이 최저 연령이었고 그래서 모두들 관심도 많았다.

휴게실에서 고아영이 기다리고 있었다. 많이 아팠는지 얼굴이 핼쑥하다. 지난번에 고아영의 전화번호를 저장해두지 않은 것이 후회되었다. 나는 무의식적으로 주위를 두리번거렸다.

"그럴 필요 없어. 둘이 친하다고 소문이 다 났더만."

고아영이 마치 남의 말을 하듯 했다. 그러면 고아영을 구했다는 근거 없는 소문도 다 들었을 것이다. 얼굴이 화끈거려졌다.

"네가 구한 게 맞아."

고아영은 귀신같이 마음을 읽었다.

"……."

"말에게 밟힐 뻔한 것 네가 구해준 게 맞다고."

고아영이 소문을 낸 것인가? 나는 그런 말 한 적이 없고 당직 직원도 그 후에 달려왔었다. 그렇다면 왜?

"내가 말을 좀 알아. 그놈은 절대 한 번의 발길질로 끝날 놈이 아냐. 네가 방해를 하니까 너를 치우기 위해 엉덩이로 민 거고. 아마 네가 그러지 않았다면 다시 걷어찼겠지."

얼굴 표정이 진지한 것을 보면 장난 같지가 않았다.

"좀 괜찮아?"

그때서야 물었다. 한쪽 다리를 일직선으로 뻗고 앉은 것을 보면 아직도 많이 불편한 것 같았다.

"와서 앉아."

고아영이 턱으로 의자를 가리켰다. 얼른 자판기로 가서 주스 캔 두 개를 뽑았다. 하나를 따서 고아영에게 내밀며 자리에 앉았다.

"유치하긴. 병문안 왔냐? 호홋!"

고아영이 웃음을 터뜨렸다. 나도 긴장을 풀며 주스 캔을 땄다.

"내 고향이 제주도다. 제주 고씨야. 돌콩은 중학교 1학년까지 내가 타던 말 이름이다. 딱 너처럼 생겼다. 호홋!"

허파에 바람이 들었나? 쓸데없이 웃으면 엄마가 가끔 하던 말이다. 고아영이 지금 그랬다. 그래도 걸레를 문 것 같은 욕지거리

보다는 훨씬 낫다. 나도 따라서 픽 웃었다. 사람이 아프면 변한다더니 고아영이 변했다.

"고똘이라고 네가 지었냐?"

하마터면 마시던 주스를 확 뿜을 뻔했다.

"아, 아냐. 내가 아냐."

머리를 휘저었다. 그것도 모자라 두 손으로 손사래를 쳤다.

"맘에 드는데 뭘. 호홋! 그런데 나는 제주도에서 살았고 제주마를 타봤고 또 제주마 기수가 되어 제주도로 갈 건데 너는 왜 제주마 과정을 선택했냐?"

반복되는 제주도라는 단어에 말뜻을 파악하기가 혼란스러웠다. 고아영의 눈에 살짝 물기가 돌았다. 그렇게 노래를 부르는 것을 보니 제주도를 무척 그리워하고 있다는 생각이 들었다. 그런 고아영에게 교육 기간이 짧아서였다고 말하지는 못하겠다.

"그, 그냥. 말이 귀여워서."

제주마를 본 것은 인터넷에서 처음이었다. 실물로 본 것은 기수 교육원에서였고. 제주마는 대답처럼 절대 귀엽지 않았다.

"우리 셋이 가장 위험해. 어떻게 하든 살아남아야 한다. 알았지?"

고아영의 얼굴이 딱딱하게 굳어졌다.

"중졸인 정구, 자퇴한 너와 나. 그리고 셋이 나이도 제일 어리잖아. 아마 가입 학생 150%를 채우기 위해 어쩔 수 없이 우리를 넣어준 것 같다. 면접 때 그렇게 물고 늘어지고도 합격을 시킨 것을 보면 모르냐?"

나도 그것이 궁금했다. 정구도 자기가 떨어진 줄 알았단다. 공부하기 싫어서 고등학교에 들어가지 않은 것이 아니냐, 공부도 다 때가 있는 것이다, 면접관이 이렇게 열심히 훈계만 하더란다. 고아영의 말을 듣자 정신이 번쩍 들었다.

"나는 꼭 살아남아야 해. 그래서 돌콩도 만나고 또 엄마와 약속한 것도 지키고. 흐으흑!"

웃는 줄 알았더니 운다. 고아영은 탁자에 얼굴을 묻고 어깨까지 들썩이며 울고 있었다. 기분이 난감하고 복잡해졌다.

"그러니까 단체 행동에서 튀지 마. 교관님들한테 대들지 말고. 암벽을 배우는데 자꾸 네가 생각나더라. 너의 가장 나쁜 암벽은 항벽이야."

수업을 최대한 활용해 또박또박 설명했다. 누군가에게 이렇게 조언을 한다는 것 자체가 놀라웠다. 특히 고아영이니까 더했다.

"나도 알아. 그러니까 그럴 때마다 네가 좀 알려줘라. 옆구리를 찌르든지, 발로 차든지, 아니면 물어뜯든지. 아! 나는 왜 이렇게 생겨 먹은지 모르겠다."

고아영이 엎드린 채 열 손가락을 머리칼 속에 박아 벅벅 긁어 댔다. 취침을 알리는 음악이 들렸다. 숙소로 돌아가야 할 시간이었다. 고아영이 손가락으로 엉킨 머리칼을 빗질했다. 운 것이 창피한지 절대로 눈을 맞추지 않았다.

"들어가 쉬어. 취침 시간이다."

고아영의 어깨를 툭툭 두드려 먼저 숙소로 돌려보냈다. 절룩거리며 멀어지는 뒷모습이 오늘따라 무척 쓸쓸해 보였다.

돌콩이 말 이름이었다고? 그것도 고아영이 탔던 말? 나처럼 생겼다고?

"푸흐훗, 크크큭!"

숙소로 들어와 침대에 입을 파묻고 키득거렸다.

"야, 허파에 바람 들어갔냐? 에이, 잠 좀 자자."

노인처럼 초저녁잠이 많은 정구가 투덜거렸다. 정구는 요즘 체력적으로 많이 힘이 든 것 같았다.

본격적으로 말과 함께 하는 실습 교육이 시작되었다. 조별 실습으로 이뤄지는데 기분 좋게 고아영과 한 조가 되었다.

"자, 각자나눠 준 번호표대로 지정된 마방에 들어가 말들을 훈련장으로 끌고 와라. 안장과 복대는 착용시키지 말고 재갈을 물리고 고삐를 채워서 끌고오도록."

교관의 명령이 떨어졌다. 명령이 떨어지자마자 마방으로 뛰어가려는 고아영의 옷깃을 얼른 잡았다. 고아영이 남들보다 튀지 않게 제어를 하는 것이 나의 일이 되었다.

"아, 미안!"

고아영이 혀를 쏙 내밀며 뒤로 빠졌다. 교육생들은 서로 눈치를 보며 무리를 지어 천천히 이동을 했다. 말을 한 마리씩 단독 배당받기는 처음이었다. 교육용 말은 교육을 위해 충분히 순치가 되어 있다는 교관의 말이 가끔 빗나갔다. 순순히 따르다가 갑자기 나타나는 말들의 이상 행동으로 아찔한 순간이 한두 번이 아니었다.

"다 너희들 잘못이다. 말에게 따라오라고 하지 말고 너희들이 따라가 줘야지. 말이 아쉬운 것이 뭐가 있겠어. 안 그래?"

교관은 모든 잘못을 교육생들에게 돌렸다.

"돌콩, 떨려?"

고아영이 물었다. 가슴이 벌렁거리면서 숨이 가빠 말조차 안 나왔다. 어색하게 웃으며 머리를 끄덕였다.

"괜찮아. 배운 대로만 하면 돼. 말의 왼쪽에 서서 어깨와 나란히 하고 몸으로 말의 눈을 가리지 않는 것이 좋아."

교실에서 하는 이론 교육은 지루해하더니 실습 교육에는 눈이 반짝거렸다.

"우리가 도와주겠지만 혹시라도 말이 날뛰거나 하면 그냥 고삐를 놓아줘라. 달아나 봐야 교육원 안에 있으니까."

두 명의 조교들도 걱정이 되는 듯했다. 손에 쥔 번호표를 확인했다. C방 16번이다. 어느새 번호표가 땀에 흠뻑 젖었다. 나는 천천히 마방을 찾아 들어갔다. 말들의 콧김 소리가 유난히 컸다. 해당 번호의 마방 앞에 섰다. 품명 제주마, 이름 차디찬. 나이 4세,

성별 수, 특징 축벽. 표지판이 낯이 익었다. 마방 안을 들여다봤더니 하필…….

"호르르륵!"

호루라기 소리가 들렸다. 걸쇠를 젖히고 마방 안으로 들어가라는 신호였다. 마방 앞에 정리되어 있는 장구 중에서 재갈과 고삐를 집어 들었다. 재갈과 고삐는 말과 사람을 하나로 연결해주는 1차적인 장구다. 자동차로 치면 핸들이었다. 재갈을 물리는 법은 이미 수차례 실습을 한 후였다. 숨을 크게 들이마시고 다가갔다. 차디찬이 벽 쪽으로 붙어섰다. 마침 왼쪽이 비워졌다.

"잘해보자."

차디찬에게 하는 말인지 나에게 하는 말인지 모르겠다. 둘 다였다. 배운 대로 목을 쓰다듬어 주면서 점차 손길을 머리로 향했다. 볼을 부드럽게 어루만져주고 슬쩍슬쩍 입 주위를 건드려 긴장을 풀어주었다. 차디찬이 눈을 반쯤 감으며 손길을 받았다. 손가락으로 조심스럽게 입술을 더듬었다. 이빨이 없는 부위가 감지되었다. 손가락에 힘을 주자 입을 벌렸다. 그 틈에 입속으로 재갈을 밀어 넣었다.

"푸후훙!"

차디찬이 머리를 흔들며 입을 다물었다.

"고마워!"

잘했다는 칭찬보다 고맙다는 인사가 어울렸다. 발뒤꿈치를 들어 차디찬과 키를 맞추고 머리 끈과 목 끈을 조였다. 늘어져 있던 고삐를 들자 이마에서 땀이 비 오듯 쏟아져 내렸다.

"정말 잘했어."

이번에는 차디찬의 뺨에 뺨을 비볐다. 차디찬을 끌고 마방에서 나오자 마치 말을 타는 듯한 느낌이었다. 열 명 중에 세 번째였다. 고아영이 제일 먼저 마방에서 나와 100미터 정도 앞서 걷고 있었다.

"헤이, 돌콩! 잘했어."

고아영이 소리를 치며 엄지손가락을 세워 보였다. 나는 검지와 중지를 세워 브이 자를 그려주었다.

"휘히힝!"

그때였다. 갑자기 마방 쪽에서 말 울음소리가 들렸다. 돌아보니 말 한 마리가 마방을 뛰쳐나와 내달렸다.

"호르룩, 호르룩! 비켜! 비켜서!"

조교들이 소리를 치며 쫓아왔다. 거리상으로 마방에서 뛰쳐나온 말과 가장 가까웠다. 차디찬이 먼저 반응을 보였다. 머릿짓을 하더니 몸을 90도로 틀었다. 고삐를 쥔 손이 확 끌려갔다.

"돌콩! 고삐를 놔. 어섯!"

고아영이 외쳤다. 그러나 고삐를 놓을 수 없었다. 무심코 손등 위로 고삐를 한 바퀴 돌린 것이 문제였다. 몸이 차디찬의 엉덩이 근처로 밀려났다. 뒷발차기를 한다면 영락없이 옆구리가 걸릴 수 있는 위치였다. 피한다고 피했지만 어쩔 수 없었다. 차디찬이 흥분을 하며 경중거렸다.

"다닥! 다닥! 다닥!"

말이 달려왔다. 말 위에는 고아영이 올라타 있었다.

"그대로 움직이지 마."

고아영이 소리쳤다. 순식간에 달려온 말이 차디찬의 앞을 가로막았다. 고아영이 서둘러 말에서 내려왔다.

"괜찮아?"

정신이 빠져 머리만 끄덕였다.

"이랴!"

고아영이 내 손등에 감긴 고삐를 풀어내 힘껏 채갔다. 차디찬이 고아영이 이끄는 대로 천천히 원을 그리며 돌았다. 조마삭이라는 순치의 방법이다. 차디찬은 고아영의 지시대로 걷고 달리고 또 멈춰 섰다. 고아영이 고삐를 끌어당기자 순순히 다가와 머리를 깊이 숙였다.

소란이 가라앉았다. 말을 퉁긴 교육생만 혼자였고 모두들 말과 함께 훈련장에 모였다.

"고아영, 말 고삐 놔!"

교관이 얼굴을 벌겋게 붉히며 화를 냈다. 조교가 얼른 달려가 고아영의 말을 끌어갔다.

"누가 허락 없이 말을 타라고 했나. 밖에서 말 좀 탔다고 자랑

하는 건가?"

내가 야단을 맞는 듯했다. 고아영이 말을 타고 달려와 도와주지 않았더라면 어떤 일이 벌어졌을지 모르는 상황이었다. 일부러 그런 것은 아니지만 내가 원인이었다.

제발! 나는 고아영을 향해 텔레파시를 보냈다.

"죄송합니다. 다시는 안 그러겠습니다."

텔레파시가 통했는지 고아영이 순순히 잘못을 빌었다. 교관이 무슨 말인가를 더 하려다 꾹 참는 것 같았다.

"봤지? 안장도 없이 말을 타더라. 고똘, 완전 고수야. 나는 발끝도 못 따라가겠다."

정구가 부럽다는 듯 속삭였다.

고맙다, 고똘! 마음속으로 인사를 하는데 무엇인지 치밀어올라 목을 컥 막았다.

돌콩과 고똘

걱정했던 50%의 범위에 정구가 끼어 기수 교육원을 떠났다. 각종 수업 평가와 교관들의 훈련 평가의 결과라고는 하지만 본인의 자발적인 포기가 많았다. 정구도 그중의 하나였다. 정식 입학이 된 나머지 교육생들도 중도 탈락자가 많다는 것은 공공연한 사실이다. 부상이나 체중 조절 실패가 가장 큰 원인이었다.

기수 교육원의 휴일은 월요일 오전부터 화요일까지다. 마침 엄마가 월요일 저녁이 아버지 제사라며 전화를 걸었다. 자식이 객지 생활을 하면 돌아가신 분을 잘 모셔야 탈이 없다는 둥, 아버지도 따지고보면 불쌍하신 양반이라는 둥 통화가 한없이 길어졌다. 제삿날이 내가 쉬는 월요일 저녁에 걸린 것도 절대로 우연이 아니라는 거다. 그 말을 듣자 외출할 마음이 싹 달아났다. 금주의 문자가 아니었으면 나는 외출을 포기했을 것이다. 외출 사유에 '아버지 제사' 이렇게 써넣는 순간까지 갈등을 했으니까.

"들어오다가 수선화 화분이나 하나 사다 줘."

고아영이 부탁했다. 기수 교육원에 입학을 하고 나서 고아영이 외출을 하는 것을 한 번도 본 적이 없었다. 가끔 소포를 받는 것을 보니 필요한 물건은 배달로 처리하는 것 같았다. 기수 교육원은 온통 꽃밭이다. 꽃 중에 수선화는 없는 것인지 아니면 숙소에서 기를 마음인지 모르겠다. 고아영의 부탁이 어둡던 마음을 환하게 해 주었다.

"수선화가 어떤 꽃이야?"

금주를 만나자 제일 먼저 물었다. 꽃집에서 파는 꽃이라면 장미와 카네이션 정도만 알고 있었다. 원예과 출신이니까 계절에 구하기 어려운 꽃을 요구하지는 않았겠지만 부탁을 받은 다음부터 내내 걱정이 되었다.

"왜? 누구한테 선물하게?"

가슴이 뜨끔했다.

"그, 그냥. 같은 방 쓰는 친구가 부탁을 해서."

같은 방을 쓴다고 했으니까 당연히 남자일 거라고 생각할 거다. 남자가 무슨 꽃이냐며 묻는다면 대답할 거리가 없었다.

"참, 고아영은 잘 있냐? 영어 샘이 학생 주임인데 고아영에게 완전 박살났어. 학생들 괴롭히는 재미로 선생을 한다고 소문이 났는데 뭔가 크게 약점이 잡혔겠지. 자기가 자퇴를 하는 대신 영어 샘을 다른 곳으로 보내라고 교장 샘과 직접 담판을 했다더라. 교장 샘도 골치 아픈 고아영이 제 발로 나간다니까 좋았겠지. 정말 영어 샘은 다른 곳으로 전근을 가버렸어. 학생들이 학교에 고아영 공덕비를 세우자고 난리들이다. 호홋!"

그 때문인지 금주도 고아영에 대해 상당히 호의적이었다.

"고아영이 걔, 제주도에서 굉장한 말 목장 집 딸이었대. 그런데 엄마가 교통사고로 돌아가시고 육지로 이사를 온 거라네? 아빠가 재혼을 했는데 새엄마와는 사이가 영 아니었나 봐. 그래서 반항으로 농고에 들어온 것이고 또 보란 듯이 자퇴를 하여 기수 교육원에 들어간 거래. 고아영은 잘 지내지?"

금주가 다시 물었다.

"응? 응."

금주가 고아영의 신상을 샅샅이 털어냈다. 고아영이 일전에 자기의 이야기를 아주 잠깐 비치기는 했어도 그다음부터는 단 한마디도 없었다. 아마 고아영의 입에서는 죽어도 안 나올 정보였다. 내가 고아영이라고 해도 그럴 테니까.

"왜, 고아영과 안 좋은 일 있어? 그래, 너하고는 안 맞을 거야. 그런 애한테는 무관심이 최고의 공격이고 방어야. 나도 그랬으니까."

"알았어. 내가 알아서 할게."

나는 얼른 말머리를 돌렸다. 기수 교육원에서의 일을 시시콜콜 말했다가는 소문이 덧붙여질 것이다. 말이 돌고 돌다 보면 언젠가는 또 고아영의 귀에 들어갈 것이고. 그렇다면 내가 지목될 것이 뻔했다.

금주의 말로 미뤄볼 때 면접이 끝나고 기수 교육원에서 나올 때 고급 승용차를 운전했던 아줌마가 고아영의 새엄마일 것이다. 만약 친엄마였고 또 딸이 그렇게 입에 걸레를 문 듯 욕지거리를 퍼부었다면 가만히 있었을까? 당시에는 고아영보다 어른이 되어 마치 남의 일처럼 모른 척하던 그 아줌마가 더 이상했었다. 금주와의 사이에 고아영이 끼어들자 자꾸 말이 빗나갔다. 내일 다시 만나자며 금주와의 만남을 서둘러 접었다.

"나도 제사 지내는 것 보면 안 돼? 엄마와 둘뿐이잖아."

또 대책 없는 용감함이 발동을 했다.

"……."

"또 오버를 했나?"

내가 대답이 없자 금주가 물러났다. 집에 들어서자 기름 냄새가 진동을 했다. 아직 시간이 10시 밖에 안 됐는데 벌써 제사상이 차려지고 있었다. 아버지가 돌아가시고 나서 엄마는 일 년에 두 번 제사상을 차렸다. 늦가을에 차리는 제사상은 형의 아버지, 엄마의 전 남편의 상이었고 이렇게 초여름에 차리는 제사상은 아버지의 상이었다. 형이 참석을 하는 탓도 있지만 형 아버지의 제사상은 상다리가 휘어질 정도였다. 그러나 아버지의 제사상은 나물 몇 접시와 포, 그리고 술뿐이었다. 내가 봐도 너무 차별이 심했다. 제사라는 말에 집에 가기 싫었던 것도 이런 이유 중 하나였을 것이다.

"이제 네 아버지도 받아 드실 때가 됐거든. 빚도 말끔히 정리가 되었거든. 집 나가 있는 자식 거두려면 든든히 드셔야 되거든."

엄마가 두툼한 산적 접시를 상에 올리며 중얼거렸다. 오늘은 형의 아버지 제사상보다 아버지의 제사상이 더 푸짐했다. 나는 제사상 앞에 무릎을 꿇고 앉아 향을 피웠다. 면접에 합격이 되고 기수 교육원으로 들어갈 날을 받아놨을 때 엄마는 자퇴를 한 그날처럼 대성통곡을 했다.

말이 아버지를 잡더니 또 말이 아들까지 잡아먹으려 한다고, 그리고 부자가 똑같이 말 귀신이 붙었다고. 형의 설득이 없었다면 엄마의 반대는 꺾이지 않았을 거다.

"말 타는 거, 광대가 줄 타는 것보다 어렵다고 하더라. 줄이야 매어져 있는 거고 말은 살아서 움직이는 거 아니냐. 니 아버지가 말에게는 끔찍했으니까 말 귀신이 너를 모른 척하겠냐."

향불이 타면서 하얀 연기가 피어올랐다. 연기는 살아 있는 듯 이리저리 몸을 틀며 방 안을 휘젓고 다녔다. 상이 다 차려졌는지 엄마가 장롱 속에서 아버지의 신위를 꺼내왔다. 신위가 상 가운데에 놓여졌다. 그곳은 유독 향 연기가 풀어지지 않고 머물고 있는 자리다. 엄마가 두 개의 양초에 불을 붙이고 방 안의 형광등을 꺼버렸다.

"이 양반이 배가 엄청 고팠나 보다. 원래 귀신은 향 냄새 맡고 향 연기를 타고 오는 거다. 여보슈 영감님, 거기서는 딴 맘 먹지 말고 당신 피붙이 걱정 하나만 해요. 어차피 말을 타기로 한 거 당신 아들, 말 등에 엿 붙이듯 딱 붙여주란 말이오."

엄마의 목소리에 리듬이 실렸다. 촛불이 이퀄라이저처럼 출렁거렸다. 아버지가 살아 있을 때는 벙어리처럼 살던 엄마가 주저리주저리 말 보따리를 풀어놓았다. 술잔을 올리고 절을 하고 또 엄마가 짚어주는 음식 위로 부지런히 젓가락을 옮겼다. 마지막으로 수저와 젓가락을 거두자 엄마도 나란히 곁에 섰다.

"배웅은 해야지. 어서 절하자."

엄마가 먼저 절을 시작했다. 엄마의 절은 한없이 느리고 길었다. 신위를 치우고 촛불과 향을 껐다.

"지방은 나가서 태워드리고 와라."

엄마가 신위에서 지방을 꺼내주었다. 지방을 들고 밖으로 나왔다. 顯考學生府君神位. 젠장, 지방에도 망할 놈의 學生이 들어가 있었다. 나는 라이터를 켜서 學生이라는 글자에 먼저 불을 붙여 하늘에 날려보냈다.

제사를 지내고 나면 한잔하는 것이라며 엄마가 술을 따라주었다. 학교에 안 다니니까 괜찮다는 말도 덧붙였다. 엄마와 주거니 받거니 몇 잔을 마셨더니 벽과 천장이 빙빙 돌았다. 잠깐 떠오른 아버지의 얼굴도 빙빙 돌았다. 술이 취하는지 잠이 쏟아졌다.

꿈에 나는 아버지가 운전하는 택시를 탔다. 몹시 어둡고 캄캄한 길이었다. 불빛을 환하게 밝히며 거침없이 달리던 택시가 갑자기 멈췄다. 고장이란다. 아버지가 택시의 보닛을 열고 들여다보더니 머리를 가로저었다. 보닛에서 연기가 모락모락 피어올랐다. 한참 후, 아버지는 회색빛 말 한 마리를 끌고 왔다. 아버지가 말 등에 나를 태웠다. 그리고 내 손에 채찍을 쥐여주었다.

"이랴!"

아버지가 손바닥으로 말의 엉덩이를 찰싹 때렸다. 말이 놀라서 뛰었다. 나는 말에서 떨어지지 않으려고 몸을 납작 엎드렸다.

"툭툭툭툭!"

달리는 말의 어깨 진동이 가슴을 소나기처럼 때렸다. 말을 타고 달리다 뒤를 흘끗 돌아다보니 아버지도 택시도 보이지 않았다. 캄캄한 어둠뿐이었다.

"아버지!"

놀라서 눈을 번쩍 떴다. 채찍의 느낌이 너무 생생해 먼저 손을 살펴보았다. 손에는 아무것도 쥐여져 있지 않았다. 목이 말라 거실에 나오니 엄마가 거실 한구석에서 웅크린 채 잠들어 있었다. 아버지와 살 때도 그 자리가 엄마의 잠자리였다. 깨울까 하다가 목과 종아리 사이에 살그머니 손을 찔러넣었다. 손과 허리에 힘을 잔뜩 모았는데 헛김이 빠지도록 엄마의 몸이 가뿐하게 들려졌다.

엄마는 과음을 했는지 잠에서 깨지 않았다. 엄마를 방에 눕히고 웅크렸던 다리와 팔을 조용히 펴주었다. 무릎과 팔의 관절이 잠꼬대를 하듯 우두둑거렸다.

맡겨 놓은 채찍 좀 갖다 줘라, 이렇게 금주에게 문자를 보냈다. 즉시 알았다, 라는 금주의 답장이 왔다. 엄마의 곁에 몸을 눕혔다. 그리고 엄마의 목과 요 사이에 팔을 찔러넣어 베개를 만들어주었다. 너무 가벼워 팔 저림도 없을 것 같은 엄마의 머리였다.

아침 일찍 금주가 집 앞으로 왔다. 시험 기간이라 결석도 못하고 조퇴도 어렵단다. 대학에 들어가려면 2학년부터는 내신 성적에 신경을 써야 한다고 했다. 그 녀석, 우공일이 구제역에 걸리는 바람에 금주가 돌연 진로를 바꿔 버렸다. 그냥 평범한 목장 주인이 되는 것을 포기하고 기필코 수의학과에 진학을 한다고 했다. 실업계 수시전형으로 가면 가능성이 있다고 자신을 보였다.

"이것과 이것."

금주가 두 손을 동시에 내밀었다. 한 손에는 채찍, 한 손에는 화분이다. 화분에 심어져 있는 것은 난초처럼 길쭉한 잎에 실팍한 꽃대를 뽑아내고 있었다. 고아영이 말한 수선화인 모양이었다. 꽃망울이 막 터지기 직전이었다.

"이게 수선화야."

금주가 알려주었다. 두 개를 동시에 받았으면 좋겠지만 한 손은 쓰레기봉투를 들고 있었다. 비어 있는 손으로 먼저 화분을 받았다.

"고아영이 부탁한 거지?"

금주가 빤히 쳐다보며 물었다.

"원래 수선화가 제주도나 남부 지방에 많은 꽃이야. 이 바보야."

제주도라는 소리에 변명을 할 수 없었다. 얼굴이 화끈거렸다.

"채찍을 먼저 받으면 정말 같은 방 쓰는 친구가 부탁한 것이고 수선화를 먼저 받으면 고아영이 부탁한 것이다 이런 테스트였는데. 호홋!"

대책 없는 용감함도 적중률이 있나 보다. 딱 맞았다.

"순진하게 내가 사줬다고 하지 말고 네가 사왔다고 해라. 알았지? 그리고 목장은 오늘 안 가는 게 좋아. 도민이 오빠 때문에 좀 골치 아프거든."

금주가 채찍을 겨드랑이에 찔러주며 말했다. 금주는 고맙다는 인사를 챙기기도 전에 골목으로 뛰었다.

아침밥을 먹으며 엄마에게 도민이 이야기를 슬쩍 물어보았지만 아무것도 모르는 눈치였다. 오히려 목장에 과일이라도 사 들고 가라고 돈까지 내놓았다.

"요새도 식당 일해?"

건물 청소 일이야 어쩔 수 없지만 밤늦게까지 일을 하지 못하게 할 마음이었다.

"다 정리되어 안 한 지 한 달 됐어. 엄마도 좀 쉬어야지."

어젯밤 엄마의 말이 그냥 한 말이 아닌 듯했다. 마음이 훨씬 가벼워졌다. 엄마가 출근을 하니 특별히 할 일이 없었다. 집 안에 있기가 답답해 짐을 챙겨 가지고 나왔다. 슬슬 걷다 보니 어느 틈에 눈에 익은 골목으로 들어가고 있었다. 아버지가 돌아가신 바로 그 골목이었다. 전봇대를 보자 가슴이 방망이질을 쳤다. 숨이 멎을 것 같아 얼른 몸을 돌렸다. 슈퍼가 눈에 들어왔다. 상품 진열대로 가서 소주 한 병을 들고 나와 계산을 하려고 했다.

"학생 아니지?"

미성년자가 아니냐는 뜻이다. 말은 그렇게 하면서도 슈퍼 주인은 거스름돈을 세고 있었다. 소주와 거스름돈을 받아 들고 슈퍼에서 나왔다. 쓰레기차가 지나갔는지 전봇대 근처는 깨끗하게 치워져 있었다. 술 냄새가 확 풍겼다. 어제 저녁 제사에 쓰고 또 음복을 했던 청주 냄새였다. 바닥에 하트 모양 옷 단추가 떨어져 있는 것을 보면……. 분명히 엄마가 출근을 하면서 여기를 들렀다.

"엄마는 엄마고요. 저는 저지요."

엄마의 단추를 보자 자꾸 울음이 터지려고 했다. 나는 소주병을 비틀어 따 전봇대에 콸콸 쏟아부었다. 어쩐 일인지 오늘은 전봇대를 봐도 오줌이 마렵지 않았다.

일찍 기수 교육원에 복귀를 했다. 오는 도중 몇 번이나 고아영에게 문자를 넣었지만 감감소식이었다. 수위실에 물었더니 외출한 적이 없다고 했다. 숙소의 방문도 두드려보고 전화도 걸어보았다. 휴게실도 가 보고 야외 정원도 어슬렁거렸다. 거의 두 시간 가까이 수선화 화분을 품에 안고 다녔다. 어느새 수선화의 꽃망울이 활짝 폈다.

운동장 벤치에 앉았다. 수선화를 들여다보니 고아영과 무척 닮았다. 푸른빛이 도는 새하얀 겉 꽃잎 속에 샛노란 속 꽃잎이 반항을 하듯 도드라졌다. 노란 꽃술을 흔들며 금방이라도 카랑카랑한 목소리가 튀어나올 듯하다.

"제발, 그러지 마!"

불안한 마음에 중얼거렸다. 고아영을 볼 때마다 항상 조마조마하다. 언제 또 반항하는 악벽이 나타날지 몰랐다.

"오공일, 여기서 뭐 하냐?"

더러브렛 과정의 용만 형이다. 용만 형은 대학에 다니다 기수교육원에 입학을 했다. 용만 형의 목표는 돈이다. 최고의 기수가 되어 모든 경주의 상금을 싹 긁어버린다고 떠벌리고 다녔다. 나한테도 돈을 벌려면 더러브렛 과정을 밟으라고 틈만 나면 조언을 했다.

"고똘 못 봤어요?"

용만 형에게 물었다.

"마방에 있을걸? 아침부터 거기 가서 살더라. 고똘도 승부 근성이 있어 제주마 과정보다는 더러브렛 과정이 어울리는데 말야.
여자 기수들이 별로 없어서 인기도 많을 텐데 말야. 말은 더러브
렛이 최고야. 생김새를 봐라, 이건 완전 조각이다. 예술이란 말이
지. 어디 제주마에 비기냐?"

　용만 형이 입에서 침을 튀기며 더러브렛 자랑을 했다. 은근히
기분이 나빴다.

　"남자 놈이 화분이나 들고 다니고……."

　맞장구를 치지 않았더니 심술이 난 듯했다. 눈 깜빡할 사이에
용만 형이 손가락으로 꽃잎을 튕겼다. 수선화 꽃송이가 거짓말처
럼 똑 떨어졌다. 용만 형은 장난이었겠지만 발밑에 뒹구는 꽃송
이를 보자 나도 모르게 화가 나 주먹이 나갔다. 주먹은 용만 형의
눈두덩을 정면으로 가격했다. 주먹이 깨질 것 같은 통증을 느끼
고 후회를 했지만 이미 늦었다.

　"아이쿠!"

　용만 형이 비틀거렸다. 그 바람에 꽃송이가 용만 형의 발에 밟
혔다.

　"안 돼! 저리 비키란 말야."

　소리를 치며 꽃송이를 밟고 있는 용만 형의 발을 힘껏 밀었다.
뒤로 밀리면서 용만 형의 발이 내 옆구리에 깊숙이 파고들었다.
비명도 지르지 못할 만큼 충격이 컸다. 숨을 쉴 수가 없었다. 나는
화분을 떨어뜨리며 그 자리에 꼬꾸라졌다.

"이 자식이 동생 같아서 귀여워해 줬더니……."

용만 형의 발이 등을 찍어눌렀다. 바위를 등에 진 듯했다. 이러다 죽겠구나 하는 생각이 들었다. 살아야 되겠다, 라는 생각이 들었다. 갑자기 캄캄하던 눈앞이 환하게 밝아지더니 온몸이 불에 붙은 듯 뜨거워졌다. 채찍 생각이 났다. 허리춤에 꽂고 있던 채찍이 손에 잡혔다. 칼집에서 칼을 뽑듯이 채찍을 뽑아내 용만 형의 허벅지를 후려쳤다.

"짜악!"

채찍이 날카롭게 울었다. 제대로 맞았다.

"아악!"

용만 형이 흥분한 말처럼 허벅지를 움켜쥐고 펄쩍펄쩍 뛰었다. 그 사이 나도 벌떡 일어서 입술을 꽉 깨물었다.

"푸후우!"

그때서야 멈췄던 숨통이 터졌다. 이제 무섭거나 겁나는 것이 없었다. 멀리 마방 쪽에서 고아영의 모습이 나타났다. 고아영이 달려오고 있었다. 말처럼 힘차게 달려왔다.

"짜악!"

채찍으로 내 허벅지를 갈겼다. 잘려나가는 듯한 통증이 몰려왔다.

"덤벼, 새꺄! 덤비라고."

목이 터져라 소리를 질렀다. 채찍을 이리저리 사선으로 내리치며 용만 형을 향해 한 발 한 발 다가갔다. 용만 형이 겁에 질려 뒷걸음을 쳤다.

"이 자식이 미쳤나 봐."

용만 형이 슬슬 도망쳤다.

"용만 오빠!"

고아영이 불렀지만 용만 형은 뒤도 안 돌아보고 뛰었다.

"돌콩! 왜 그래?"

"……."

채찍으로 허벅지를 한 번 더 내리쳤다. 터질 것 같은 가슴의 느낌이 허벅지의 아픔으로 덜어내 졌다. 눈물이 주르륵 흘렀다.

"얘가 미쳤어! 그러지 마. 내가 사고를 안 치니까 네가 대신 치기로 했냐? 왜 그랬어. 응?"

고아영이 채찍을 뺏었다. 숨을 쉴 때마다 옆구리가 뜨끔거렸다.

"왜 전화도 안 받고 지랄이야."

공연히 고아영에게 소리를 버럭 질렀다. 모두가 고아영이 연락이 안 돼 일어난 일이다. 그래서 수선화 꽃송이가 용만 형의 손끝에서 목이 떨어진 것이고 화분도 박살이 났다. 벌거벗겨진 수선화의 알뿌리가 처참했다. 내 모습 같았다.

"미안해. 자꾸 집에서 전화가 와서 일부러 안 갖고 나왔지."

고아영이 수선화의 알뿌리를 집어 들었다. 그리고 짓이겨진 수선화 꽃도 주웠다. 고아영이 수선화의 냄새를 맡았다. 킁킁거리며 한참 동안 맡고 또 맡았다. 햇볕을 정면으로 받고 있는 얼굴이 수선화의 겉 꽃잎처럼 푸르도록 새하얗다. 내 눈물은 그쳤지만 이번에는 고아영의 눈가에 눈물이 반짝거렸다.

"우리 엄마가 참 좋아했는데. 우리 엄마 닮은 꽃인데."

고아영은 수선화에서 엄마의 냄새를 맡는 듯했다.

"땅에다 심으면 안 될까? 살 수 있을 것 같은데."

고아영이 입술을 꼭 깨물어 울음을 참으며 머리를 끄덕였다. 산책로 부근의 화단이 좋을 듯했다. 거기는 항상 햇볕이 들어 꽃들의 색깔이 유난히 고운 곳이다. 앞장을 서서 그 자리를 잡았더니 고아영이 아니란다. 수선화는 약간 그늘이 지고 물기가 있는 땅에서 자란다는 것이었다. 이번에는 고아영을 따라갔다. 연못 근처의 비탈진 곳이었다. 바위를 등에 지고 있어 햇볕이 비껴드는 아늑한 자리였다. 이끼가 깔린 것을 보니 물기도 적당한 듯싶었다. 막대기를 주워 와 땅을 팠다. 촉촉하고 부드러운 흙이 부드럽게 막대기를 받아들였다.

"잘 살겠다. 잘 살 거야. 그치?"

말을 하면서 고아영이 환하게 웃었다. 예쁜 코가 수선화의 속 꽃잎처럼 도드라졌다.

"우리 엄마가 수선화를 참 좋아했어. 수선화가 꼭 우리 엄마 닮았어."

고아영이 다시 말했다. 여전히 짓이겨진 꽃송이를 손에 든 채였다.

"꽃이 참 예뻤는데. 가지고 올 때는 봉우리였다가 활짝 폈었는데."

꽃을 보여주지 못한 것이 무척 아쉬웠다.

"그래서 용만 오빠와 붙었냐? 보나마나 용만 오빠가 꽃송이를 똑 땄겠지. 너는 화가 나서 대들어버린 거고."

"너 같으면 참았겠냐?"

"호호훗!"

말도 안 되는 소리라는 뜻이다. 땅에 심은 수선화를 정성스럽게 다독거렸다. 빨리 꽃대가 올라와 꽃이 활짝 폈으면 좋겠다.

"참, 돌콩 이야기해줄까?"

돌콩은 고아영이 제주도에서 타던 말 이름이라고 했다. 호기심이 바짝 일었다. 특히 나와 닮았다고 해서였다.

"진짜 이름이 돌콩이었어?"

"응."

고아영이 머리를 끄덕였다.

"말이 태어나 1년이 되면 이름을 지어줘. 돌콩은 몸집이 작다고 내가 지어준 이름이야. 우리 목장 주변에 돌콩이 참 많았거든. 돌콩은 유난히 돌콩을 좋아했어."

그 녀석, 우공일과 닮았다.

"공부한 대로 말을 길들이는 것을 순치라고 해. 한 살이 되면 시작을 하는데 돌콩은 몸집이 작아 두 살이 넘어 시작했어. 말의 입에 채우는 재갈순치, 긴 고삐줄을 이용한 원형운동으로 사람의 지시대로 걷고 달리고 하는 조마삭순치, 가슴을 동여매는 복대적 응순치. 돌콩에게는 거기까지가 끝이었어."

그 녀석, 우공일도 꽉 찬 두 살이었다고 했다. 뿔이 솟아 제대로 자리를 잡기 시작했으니까.

"마지막으로 사람을 태우는 기승순치에서 돌콩은 절대로 등을 허락을 하지 않았어. 훈련을 시키는 아저씨들도 다 포기를 했으니까."

금주도 그 녀석, 우공일의 등에만 못 타봤다고 했다.

"그런데 어느 날 밤이었어. 달빛이 온 세상을 수선화 꽃잎처럼 하얗게 비추었어. 엄마가 너무 보고 싶어 밖으로 나왔어. 그런데 넓은 목장에 돌콩이 혼자 외롭게 서 있는 거야. 혼자인 나처럼 말이야. 나는 너무 슬퍼서 울면서 돌콩을 향해 걸어갔어. 돌콩도 나를 보고 걸어오기 시작하더라고."

고아영이 목소리가 아련해졌다. 눈앞에 고아영네 목장 풍경이 넓게 펼쳐졌다. 나는 침을 꿀꺽 삼켰다.

"돌콩이 내 엉덩이를 입으로 툭툭 건드리는 거야. 등에 타라는 듯 말이야. 그때 돌콩은 재갈도 안 물었고 고삐도 안 채워졌어. 안장은 더더욱 없었고. 엄마와 함께 다른 말은 많이 타봤지만 장구를 채우지 않은 말은 처음이었어. 내가 초등학교 5학년 때니까 키가 얼마나 작았겠어. 올라가려고 낑낑거리다가 타기를 포기했지.

돌콩과 함께 엄마가 가꿔 놓은 수선화 꽃밭에 가서 실컷 놀다 돌아왔어."

"그런데 어떻게 탔어?"

너무 궁금해 고아영의 말 속에 얼른 끼어들었다. 그 녀석, 우공일이 처음으로 내게 등을 내줄 때가 생각나서였다.

"다음 날 밤, 또 밖으로 나갔어. 그런데 이번에는 돌콩이 목장 울타리 근처에 서 있는 거야. 내가 다가가자 울타리에 바짝 붙어서더라고. 울타리 난간에 올라서면 등에 탈 수 있도록 말야."

그 녀석, 우공일과 똑같았다.

"지금 돌콩이 살아 있어?"

질문을 하는데 가슴이 무척 아팠다.

"당연하지. 외삼촌이 목장을 맡아서 하고 있거든. 내가 기수가 되려는 것도 제주마 과정에 들어온 것도 다 돌콩을 만나기 위해서야."

"좋겠다!"

정말 고아영이 부러웠다.

오늘 금주의 말만 듣고 목장에 가지 않은 것이 후회되었다. 그 녀석, 우공일과 헤어지고 나서 일부러 목장에 가지 않았다. 텔레비전에서 구제역 이야기만 나오면 얼른 채널을 돌려버렸다. 우공일이 살아 있더라면 나도 고아영처럼 자랑스럽게 이야기를 줄줄 풀어놓았을 것이다.

"봐! 수선화가 살아나고 있어."

고아영이 소리쳤다. 시간이 꽤 지났나 보다. 시들었던 수선화의 잎이 빳빳하게 일어났다. 씻어야 되겠다는 핑계를 대고 고아영과 헤어졌다.

숙소로 돌아와 형에게 전화를 걸었다. 형이 전화를 받지 않았다. 한참 후 형에게서 전화가 걸려 왔다.

"도민이 때문에 형수가 다 죽어간다."

형이 말했다. 그렇다면 목장에 가지 않은 것은 다행이었다.

"나는 도민이 이해가 된다. 어릴 때부터 축구를 한다고 그렇게 고생을 했는데 저라고 힘든 게 없었겠나?"

형의 목소리는 오히려 가벼웠다.

"배낭 하나 달랑 메고 호주로 떠난 지 한 달이 넘었다."

형이 들려준 도민이의 소식이었다. 소식을 듣자 가슴이 답답해졌다. 전화를 한 진짜 이유는 그 녀석 우공일에 대해 물어보고 싶었던 거였다. 격리가 되었더라도 살아만 있다면 좋겠다는 생각이었다.

"왜 있지? 네가 타고 다녔던 소, 그 녀석만 희생되고 구제역이 다 비켜갔다."

얼른 전화를 끊었더라면 좋았을 것이다. 형이 분명히 희생이라고 했다. 결과적으로 우공일이 죽었다는 것을 다시 확인해버린 꼴이 되었다.

달려라, 돌콩!

요즘 나는 슬럼프다. slump, 심신의 상태 또는 작업이나 사업 따위가 일시적으로 부진한 상태. 누군지 말도 참 잘 짓고 뜻도 잘 달아놓았다. 그렇게 쓰자고 약속을 했다지만 처음부터 모든 사람들에게 한꺼번에 약속이 된 것은 아닐 터였다. 공유되기까지는 몇백 년, 몇천 년이 흘렀을 것이다. 학습은 한순간에 이뤄지겠지만 약속은 지금도 진행형이다.

하물며 사람과 사람 사이의 약속도 이러한데 사람과 말과의 약속은 과연 가능한 일인지. 사람의 일방적인 요구를 교감이라는 단어로 치장해버리는 것은 아닌지. 말을 상대하는 일이 갈수록 복잡하고 어려웠다.

슬럼프의 또 다른 원인은 도민이의 일이다. 한 달간 호주를 떠

돌다가 이제는 인도로 여행지를 옮겼다는 것이었다. 남들이 부러워하는 위치까지 올라간 도민이가 모든 것을 버리고 외국을 떠돈다는 것이 가장 큰 생각거리로 남았다.

서랍에서 채찍을 꺼냈다. 도민이의 부적이나 마찬가지라던 채찍, 경기에 나가기 전에 자기의 허벅지를 때렸다는 채찍, 그리고 살이 터져 피가 흐르도록 내 허벅지를 내리쳤던 채찍이다. 채찍은 단단한 손잡이와 몸통 중간까지 낭창거리는 심이 들어 있었고 아주 꼼꼼하게 가죽을 덧대 마무리를 했다. 중간 이후부터는 가죽을 정교하게 꼬았다. 기계로 찍어낸 것이 아닌 것은 확실했다.

"그럼 왜 주었어. 그냥 가지고 있지."

내게 채찍을 주어버리는 바람에 도민이가 그러는 것 같았다. 괜히 도민이에게 미안해졌다. 손가락으로 천천히 채찍을 더듬어 보았다. 손때가 묻은 것인지 가죽 고유의 촉감인지 저릿한 느낌이 온몸을 휘감았다. 노크도 없이 문이 벌컥 열리며 고아영이 들이닥쳤다. 채찍을 얼른 서랍에 밀어 넣었다.

"요즘 왜 그래?"

고아영이 물었다. 고아영이 말에게 차였을 때처럼 나도 며칠 쉬고 싶다는 생각이 불현듯 들었다. 나는 얼굴을 있는 대로 찡그렸다.

"다음, 다음 주 일주일 동안 휴원인 거 알지? 그때 우리 제주도 갈까? 말 목장도 구경하고."

맞다. 전면적인 개보수 공사로 휴원을 한다고 했다. 교육생들도 휴가를 그때에 맞춰서 가기로 했고. 한 달 전부터 게시판에 공고문이 나붙었었고 그것을 보고 고아영은 땅이 꺼지도록 한숨을 쉬었었다. 일주일 동안 어디 가서 뭐를 하냐고 걱정을 하면서. 정 갈 데가 없으면 형의 목장에라도 데려갈 생각까지 했었다.

"어디 갈 거야?"

가긴 어디를 간다고. 집으로 가 좁은 방 안에서 뒹구는 것도 하루면 싫증이 날 것이다. 도민이 일로 분위기가 안 좋은 목장에 가기는 더욱더 어려웠다. 이번에는 내가 땅이 꺼져라 한숨을 쉬었다.

"갈 데 없으면 가자. 함께 가자. 응?"

고아영이 어울리지 않게 몸을 흔들며 애교를 부렸다. 야생마 같던 고아영이 몇 달 사이에 어떻게 하면 저렇게 얌전하게 순치가 될까? 말이 고아영만 같아도 절대로 사고가 나지 않을 것이다. 얼마 전에는 케이블 방송에서 단독 취재를 다녀가기도 했다. 그때 생각을 하자 또 화가 치밀었다.

"말똥 치우러 거기 갔냐?"

금주가 이 말 저 말도 없이 문자를 딱 보냈다. 방송이 나가고 채 하루가 지나지 않았을 때였다. 방송을 봤다는 얘기였다. 적극적으로 자신의 꿈을 향해 도전하는 아름다운 청소년! 취재의 콘셉트였다. 그렇다면 주인공 고아영의 적극성만 반영해야 될 일이다. 그런데 나의 적극성을 촬영하여 방송한 이유가 무엇인지 모르겠다. 그것도 마방 청소를 하는 모습을. 방송의 힘은 엄청났다. 고아영은 단번에 기수 교육원의 모범생, 우등생, 스타가 되었다.

"피곤하다. 잘래."

나는 침대로 기어들어가 이불을 뒤집어썼다.

"버릇도 참 못되게 들었네. 심술이 나면 이불 뒤집어쓰는 버릇, 우리 엄마가 딱 질색을 했거든."

순전히 악벽마 취급이었다. 고아영이 나가는 소리를 듣고도 이불을 벗겨 내지 않았다. 대신 영태에게 폭탄 문자질을 했다 모두가 고아영에 대한 험담과 비방이었다.

"걔가 좀 그래."

바쁜지 영태의 답장은 간단했다.

항공권만 부담하면 숙식 무료 제공. 용만 형의 입이 하마 입이 되었다. 대신 고아영은 용만 형에게 나를 데리고 가는 조건을 내걸었단다. 며칠 동안 용만 형이 졸졸 따라다니며 졸랐다.

"야, 오공일! 사람은 태어나면 서울로 보내고 말은 태어나면 제주도로 보내라는 말이 있어. 제주마 기수가 되겠다면서 제주도를 안 가본다니 말이 되냐? 나야 더러브렛 과정이라 괜찮다지만 너는 제주도에 가서 살아야 될 것 아냐. 사전 답사 차원이지. 가자. 응?"

"……."

"너를 친동생처럼 생각해서 그런 거였다. 동생이 형을 때리는

데 가만있을 놈 있겠냐? 미안하다. 정말 미안하다."

의무실장까지 고아영을 따라간다고 하자 더 몸이 달았다. 용만 형은 의무실장을 좋아했다. 자기는 연상이 좋대나 어쩐대나. 모기에 물려도 타박상이라고 우기면서 의무실에 드나들었다.

요즘은 생각이 참 많아졌다. 금주가 대학에 가서 수의학을 전공한다는 말이 자꾸 떠올랐다. 처음으로 자퇴를 한 것을 후회했다. 검정고시를 준비할까 그런 생각도 해 봤다. 기수 후보생으로서 이론 교육은 따라갈 만한데 실습 교육은 점점 어려워졌다. 기수가 되고자 했던 진짜 이유조차 아리송해졌다. 구태여 이유를 찾으라면 단지 작은 체격과 학력 제한이 없다는 조건이었다. 그리고 그 녀석, 우공일의 등에 타 봤다는 것.

"돌콩, 너 왜 그러는데?"

용만 형의 꼬임과 설득 그리고 사정에 반응이 없자 마침내 고아영이 나섰다.

"내가 뭘."

말투가 툴툴거려졌다. 다 귀찮았다.

"나한테 불만이야? 네 말대로 참고 참잖아. 잘하잖아."

너무 잘해서 탈이지.

"좋은 관계도 서로 엇비슷해야 되는 것 같다. 고똘, 너를 만난 것이 잘못된 것인지 아니면 기수가 되려는 것이 잘못된 것인지. 요즘 좀 그래."

속마음을 내비쳤다. 샘을 부리는 것이 아니라 고아영은 모든 면에서 월등했다. 날개를 단 듯 훨훨 날았다. 이제 미련한 짓은 그만하고 싶었다. 아프면 아프다고 말하고 싫으면 싫다고 하고 싶었다. 입술을 잘근잘근 씹으며 노려보는 고아영의 태도가 심상찮았다.

"그럼 때려쳐! 병신 새꺄!"

고아영의 얼굴에 푸른빛이 돌았다. 솔직히 고아영이 위로를 해줬으면 하는 마음이 컸다. 그래서 마음을 내비친 것이고.

"누군 갈등이 없어 이 지랄인 줄 아냐?"

바랄 것을 바라야 했다. 고아영이 찬바람이 씽 돌도록 몸을 돌렸다. 이제 고아영과도 관계가 이상해지고…… 이후 고아영이 철저하게 나를 외면해버렸다. 그대로는 불편하고 답답해 못 살 것 같았다.

"그러니까 제주도 같이 가자. 응? 네가 비싸게 구니까 고똘이 화가 난 거다. 내가 고똘이라도 그러겠다."

용만 형이 또 달라붙었다.

"며칠 안 남았는데 비행기 표가 있겠어?"

할 수 없이 가겠다는 뜻을 보였다. 고아영이 싫다고 한다면 어쩔 수 없지만 함께 동행을 하지 못하면 다시는 화해의 기회가 없을 것 같았다.

"야, 없으면 내가 가방에라도 넣어갈 테다. 걱정 마."

용만 형이 손을 번쩍 들어 올리며 방방 뛰었다. 만세삼창을 시켜도 하겠다. 용만 형의 부탁으로 의무실장이 득달같이 항공권 예매를 했다. 의무실장에게 돈을 주려 했지만 고아영이 지불을 했단다. 돈은 나중에 고아영에게 직접 주면 되는 것이었다. 조금 화해의 기미가 보였다.

비행기를 처음 탄다. 일행 넷 중에 나만 그런 것 같았다. 나는 시치미를 떼고 아닌 척했다.

"우린 몸집이 작아 참 좋아. 그치? 선생님은 불편하시면 이쪽으로 기울이세요. 여기 이렇게 자리가 남아요. 쿡쿡."

용만 형이 수다스러워졌다. 일반 좌석이 넓은 것도 아닌데 몸을 오그려 공간을 만드느라 고생이었다. 의무실장도 뭐가 그렇게 좋은지 생글거렸다. 나는 준비하고 있던 돈 봉투를 고아영에게 불쑥 내밀었다. 비행기 삯이다. 당당하게 비행기를 타고 가고 싶었다.

"됐어!"

고아영이 손을 툭 쳤다. 또 내밀면 화를 낼까 봐 슬그머니 주머니에 다시 넣었다.

"돌콩이 진짜 있는 거지?"

어떻든 며칠간은 고아영의 신세를 지는 거다. 내가 먼저 화해를 해야 편했다. 돌콩 이야기가 나오자 굳었던 고아영의 표정이 풀어졌다.

"당연하지. 가슴이 막 설레."

뺨까지 불그레하다. 진짜인지 한 손으로 가슴을 누르기도 했다.

"돌콩이 여자인지 남자인지 왜 안 물어?"

고아영의 입가에 웃음이 돌았다. 오랜만에 보는 웃음이었다. 뻣뻣하게 세웠던 허리에서 힘을 뺐다. 자연스럽게 어깨가 고아영의 어깨에 닿았다.

"나를 닮았다니까 남자겠지. 혹시 여자는 아니지?"

"여자야. 새끼도 낳았대. 호홋!"

기분이 꽝이었다. 내가 머릿속으로 상상한 돌콩은 비록 몸집은 크지 않으나 돌콩처럼 단단하게 생긴 수말이었다. 기왕이면 반짝 거리는 갈색 털을 가졌으면 좋겠고 갈기가 길어 달리면 사자의 갈기처럼 나부꼈으면 좋겠다고 생각했었다. 새끼까지 낳았다면 이제 끝장이 난 거다. 보나마나 털이 듬성듬성 빠지고 어깨도 축 처진 할머니 말이겠지.

"돌콩을 보면 제주마 기수가 되길 잘했다는 생각이 들 거야."

기수가 된 것은 아니다. 곧 교육을 마치면 또 기수 시험을 봐야 정식 기수가 된다. 제주마 경기는 제주도에서만 열려서 어쩔 수 없이 제주도에서 살아야 되었다. 미처 거기까지 생각을 못했었다. 금주가 그 사실을 알고 펄쩍 뛰었다.

"잊었어? 무면허 운전에 자동차 등 불법사용죄. 내가 해결해 주는 대신 너는 나한테 4년 이하의 징역을 살아야 하고 또 800만 원

이하의 벌금을 물어야 되는 것."

거기에 더러브렛 과정의 교육 기간이 4년이라는 소리를 듣고 당장 그쪽으로 바꾸라고 말했다. 죄 값을 제대로 치러야 한다는 말까지 하며.

"고똘! 더러브렛도 있냐? 더러브렛을 타야 말 타는 맛이 나지."

용만 형이 물었다.

"타기 싫음 관두고. 천연기념물인데 우리끼리 타지 뭐. 샘도 안 타실 건가요?"

고아영이 의무실장에게 물었다. 의무실장이 눈을 동그랗게 뜨며 용만 형을 바라보았다.

"싫다는 뜻은 아니고……."

용만 형이 얼른 말을 바꿨다.

공항을 빠져 나오자 고아영의 외삼촌이 기다리고 있었다.

"외삼초온!"

고아영은 응석이 장난이 아니었다. 외삼촌과 조카가 한데 뒤엉켜 뺨을 부비고 난리였다. 나는 엄마와도 한 번도 하지 못했던 행동이었다. 말 목장의 주인이라 거친 모습일 거라고 생각했는데 아주 딴판이었다. 도시 한가운데에 서 있어도 전혀 튀지 않을 듯했다. 깔끔하게 자른 머리에 턱수염 자리에서 푸른빛이 났다. 얼굴도 하얗고 생김새도 귀티가 흘렀다. 고아영의 엄마가 수선화를 닮았다더니 외삼촌도 마찬가지였다. 끌고 마중 나온 승용차는 먼지 한 점 없이 깨끗했다.

"아이쿠, 손님들이 계신데."

외삼촌이 달라붙어 있는 고아영을 억지로 떼어내며 인사를 했다.

"샘, 우리 외삼촌이에요. 정말 잘생겼죠?"

고아영이 의무실장을 끌어다 외삼촌 앞으로 밀며 소개를 시켰다. 공연히 의무실장이 몸을 비비 틀었다. 외삼촌도 어색해하며 자꾸 피하려 했다. 분위기가 참 묘했다.

"저는 용만이라고 하고요. 고똘, 아니 고아영을 친 여동생처럼 생각합니다. 잘 부탁합니다."

용만 형이 의무실장을 가리며 나섰다. 용만 형은 가만히 있는 나까지 끌어다 옆에 세웠다. 졸지에 외삼촌과 의무실장 사이에 벽이 만들어졌다.

"외삼촌 얼른 가요. 나 돌콩 보고 싶어. 돌콩 아기도 보고 싶고."

고아영이 보채는 바람에 모두들 승용차에 올라탔다. 고아영은 싫다고 하는 의무실장을 기어코 조수석에 앉혔다. 그리고 자기는 뒷좌석 가운데에 앉아 엉덩이를 들어 앞좌석으로 몸을 기울였다. 고아영과 외삼촌은 끝없이 이야기를 나눴다. 간간이 의무실장도 이야기 속에 끼어들었다. 용만 형과 나만 완전 찬밥 신세였다.

용만 형이 삐졌다. 외삼촌이 총각이라는 사실을 알고.

목장에 도착하자 인부들이 몰려왔다.

"정훈이 색싯감인가?"

나이 든 할아버지의 한마디에 용만 형의 얼굴이 완전히 구겨졌다. 고아영 외삼촌의 이름이 정훈이었다.

"아, 그런 것 아닙니다. 아영이 선생님입니다. 왜들 그러십니까. 하하하."

외삼촌이 아니라고 펄쩍 뛰었지만 모두들 입에 빙그레 웃음을 달고 있었다. 의무실장도 부끄러웠는지 얼른 자리를 피했다. 고아영이 방목지로 가면서 손가락을 입에 넣어 휘파람을 삐익 불었다. 방목지에서 말 한 마리가 달려왔다. 회색빛이 나는 말이다. 갈색빛도 아니었고 갈기가 길어 휘날리지도 않았다.

"돌콩아!"

고아영이 말 이름을 불렀다. 말이 달려와 고아영의 앞에 섰다. 고아영은 외삼촌과 그랬듯 말과도 그렇게 뒤엉켜 떨어질 줄을 몰랐다. 몇 마리의 말들이 방목지에서 슬슬 다가와 고아영과 돌콩을 빙 둘러쌌다. 커다란 말무리가 형성이 되었다. 말들은 족히 스무 마리가 넘었다. 말들이 축하 퍼레이드를 하듯 빙글빙글 돌았다. 말들과 함께 섞여 있는 고아영도 말 같았다.

마방에 갇혀 있는 말이나 장구를 채운 말들만 보다가 방목된 말을 보니 신기했다. 행동과 모습이 어찌나 자유롭고 활기찬지 지켜보는 것만으로 가슴이 후련해졌다. 털빛도 각양각색이고 생김새들도 다 달랐다.

"다 제주마예요?"

의무실장이 외삼촌에게 물었다.

"그럼요. 순수 혈통이죠. 천연기념물 347호입니다. 제주마라는 이름은 나중에 지어진 것이고요 원래는 과하마, 토마, 조랑말이라고 불렀어요. 과하마가 무슨 뜻인지 아세요? 과실나무 밑을 지나갈 수 있는 말이라는 뜻입니다."

외삼촌이 이를 하얗게 보이며 자랑스럽게 말했다.

"어머! 멋져요. 그럼 조랑말이라는 이름은요?"

의무실장의 눈이 반짝거리며 물었다.

"그것은 상하의 진동 없이 아주 매끄럽게 달리는 주법을 의미하는 몽고어 조로모리에서 유래된 것이라고 해요. 사람이 타도 안정성이 있다는 뜻이죠. 보세요, 키는 좀 작지만 등이 길지 않아요? 사람이 타면 등이 아래로 내려가면서 사람의 몸을 부드럽게 받아줍니다. 서양 말하고는 많이 다르죠."

제주마에 관해서 외삼촌은 척척박사였다.

"쳇! 별것도 아니네요. 그냥 관광용으로 풀이나 뜯게 하고 마차나 끌게 하면 딱이겠구만."

용만 형이 찬물을 끼얹었다. 용만 형은 외삼촌에 대한 불만을 그런 식으로 나타냈다.

"제주마는 체력이 강해요. 아무 먹이나 잘 먹고 특히 돌이 많은 제주도에 잘 적응하여 발굽의 질이 치밀하고 견고해 경주마로서도 최고입니다."

"발굽만 튼튼하면 뭐해요. 다리가 짧아 속도도 못 내는데요. 경주마는 역시 더러브렛이죠."

용만 형이 또 딴지를 걸었다. 듣고 있기가 민망해 슬쩍 옆구리를 찔렀는데도 모른 척했다. 그 사이 일하는 아저씨들이 말 다섯 마리 몫의 장구를 챙겨와 기승 준비를 해주었다.

"아영이와 나머지 두 친구는 예비 기수들이니까 별 문제가 없겠고 선생님은 제가 안내하겠습니다. 한 바퀴 돌자고요."

고아영은 당연히 돌콩을 맡았고 외삼촌은 검정빛 털을 가진 말을 끌어와 의무실장에게 넘겨주었다.

"걱정 마세요. 우리 목장에서 가장 얌전하고 가장 멋진 녀석입니다. 한번 타보시면 반하실 겁니다. 하하하."

외삼촌이 의무실장의 기승을 친절하게 도와주었다. 그 광경을 본 용만 형은 안절부절못했다. 발주대에서 나타나는 악벽 중 돌출 악벽을 가진 말처럼 보였다.

"용만 오빠! 돌콩! 빨리 한 마리씩 골라."

고아영의 말에 나는 갈색빛 말을 점찍었다. 훈련장이 아닌 넓은 방목장에서의 기승은 묘한 흥분을 불러일으켰다. 말에게 다가가며 손을 먼저 내밀었다. 냄새를 맡게 하는 것이다. 낯선 사람이 몸부터 접근하면 말들은 거의가 거부 반응을 보였다. 말과의 첫 대면은 경계심을 줄여주는 것부터 시작되어야 한다. 그래야 말들이 기꺼이 자신의 등을 허락했다. 순치가 잘 되었는지 말이 순순히 등을 허락했다.

"자네는 왜 그러고 있어. 어서 기승하지."

머뭇거리는 용만 형을 보고 외삼촌이 한마디 했다.

"저는 제주마에게는 관심 없습니다. 안 탑니다."

성격이 괴팍한 말처럼 용만 형이 거부 반응을 보였다. 의무실
장이 용만 형에게 말을 타라고 한마디 했더라면 좋았을 텐데.

"어머어머머머! 어머머!"

말이 움직이자 의무실장이 호들갑스럽게 비명을 질러댔다. 완
전히 초보자처럼 굴었다. 의무실장의 승마 실력은 기수 교육원의
교관들도 인정을 해주는 터였다.

"용만 형, 타자."

내 부탁에도 용만 형은 고집을 꺾지 않았다.

고아영은 물 만난 고기였다. 벌써 돌콩을 몰아 목초지 외곽을
돌아왔다. 끈으로 묶었던 머리가 풀어지면서 말의 갈기처럼 휘날
렸다. 돌콩과 한 몸처럼 보였다.

"아후, 시원해. 봤지? 돌콩이 최고야."

고아영이 돌콩의 목덜미를 툭툭 두드려 보폭을 맞췄다. 외삼촌
과 의무실장도 사이좋게 말을 몰았다.

"오호호호! 호호호!"

의무실장의 웃음소리가 하늘로 치솟았다. 뒤를 돌아다보니 용
만 형은 멀리 전나무 숲으로 돌팔매질을 하고 있었다.

"두 사람이 잘 어울리지?"

고아영은 외삼촌에게 소개를 시키려고 일부러 의무실장을 데리고 온 것 같았다. 첫 만남부터 저렇게 사이가 좋다면 서로 마음에 든다는 것이다. 용만 형은 어쩌지?

"참, 용만 오빠는 왜 그런대?"

고아영이 그때서야 생각이 난 듯했다.

"용만 형이 의무실장님을 얼마나 좋아하는데. 몰랐냐?"

알았다면 고아영의 잘못이다. 제주도로 휴가를 간다고 가장 들떠서 날짜를 꼽은 사람이 용만 형이었다. 의무실장에게는 하얀 말을 주고 자기는 까만 말을 타고 푸른 목초지를 끝없이 달리겠노라고. 당나귀를 타도 더러브렛을 탄 것처럼 좋을 것이라며 혼자 영화를 찍었었다.

"까르륵!"

숨이 넘어가겠다. 고아영이 머리를 뒤로 젖히며 웃어젖혔다.

"야 돌콩! 용만 오빠와 샘은 무려 열두 살 차이야. 그게 말이 되냐?"

용만 형은 스물한 살이다. 의무실장이 서른셋이라는 소리다. 내가 생각해도 아니라는 생각이었다. 의무실장도 용만 형이 자기를 좋아하는 것을 모를 리 없었다. 그럼 의무실장이 더 나쁜 거였다.

"용만 오빠가 얼굴이 좀 두껍잖아. 그냥 누나 같으니까 따르는 거겠지. 샘이 바보냐?"

자기 외삼촌과 붙여놨다고 이제 의무실장을 두둔하고 나섰다. 고삐가 툭 당겨졌다. 천천히 걷는 것이 심심하다는 표시다. 말의 어깨가 팽팽해지는 것을 보니 한바탕 달리고 싶은 것이다. 순둥이인 줄 알았더니 성격이 있었다.

"갈빛이 달리고 싶은가 봐."

고아영이 먼저 알아챘다. 말의 이름이 갈빛이었다. 나는 안장에서 엉덩이를 뗐다 다시 쿡 누르듯 앉았다. 달리기 준비가 안 된 말이라면 등을 움츠려 엉덩이를 튕겨냈을 것이다. 외삼촌의 말처럼 몸이 폭 파묻히는 느낌이었다.

"좋아, 가보자."

고삐를 놓아주며 힘껏 발을 굴렀다. 갈빛이 쏜살같이 튀어나갔다. 확실히 훈련장 주로를 달리는 것과는 천지 차이였다. 주로에서는 툭툭 튀는 듯했지만 방목지에서는 폭폭 빠지는 느낌이었다. 그래도 속도는 결코 떨어지지 않았다. 갈빛의 몸이 기분 좋은 리듬이 만들어냈다. 몸을 리듬에 싣자 한 덩이가 되었다. 고아영이 따라붙었다.

"제법인데?"

고아영이 서부 영화의 총잡이처럼 손가락으로 나를 겨눠 총질을 했다. 총알이 날아오기라도 하는 듯 나는 말 위에서 이리저리 몸을 피했다. 몸놀림이 오히려 균형을 잡아주면서 말 위에서 나는 자유로움을 느꼈다. 두 손을 번쩍 들어 만세를 부르라고 해도 부를 수 있을 것 같았다.

"휘이익!"

휘파람 소리가 방목지에 울려 퍼졌다. 달리던 갈빛이 서서히 속도를 줄였다.

"돌아오라는 외삼촌의 신호야."

고아영이 먼저 말 머리를 돌렸다. 구릉지를 지나 달린 탓인지 외삼촌과 의무실장의 모습이 보이지 않았다. 고아영이 말을 멈췄다.

"헤이, 돌콩! 바꿔 타볼까? 돌콩이 돌콩을 한 번 타봐야 되는 것 아냐?"

가급적 많은 경험을 하라는 고아영의 배려다. 거기에는 위험 부담도 안아야 했다. 말은 워낙 예민한 동물이다. 기수 교육원의 훈련마도 기승을 하는 사람을 바꾸면 신경이 예민해졌다. 그래서 일정 시간 후에 바꿔 탔다. 더군다나 상대가 돌콩이라니…….

"돌콩은 고삐를 맡기면 안 돼. 네가 주도권을 잡고 독촉을 해야 해. 가끔 엉덩이도 때려주고."

고아영도 아주 걱정이 없는 것은 아닌 것 같았다. 고아영이 등에서 내리자 돌콩이 푹푹 콧김을 뿜어댔다. 입에서 딸그락 소리를 내는 것을 보면 재갈을 놀리는 것이다. 불안하다는 뜻이었다. 불안해하기는 갈빛도 마찬가지였다. 눈을 뒤룩거리며 뒷걸음질을 쳤다.

"괘, 괜찮을까?"

절대 겁먹은 모습을 보이지 않으려고 했다. 고아영이나 말들에게.

"돌콩이니까 잘 할 거야."

고아영은 나보다 돌콩을 더 믿었다. 고아영과 나는 서로 고삐를 교환했다. 이미 물러설 수 없는 상황이었다. 고아영의 말대로 주도권을 잡기 위해 어금니를 꽉 깨물고 돌콩의 고삐를 틀어쥐었다. 그와 동시에 발걸이에 발을 올려 재빨리 돌콩의 등에 올라탔다. 돌콩의 등이 불쑥 올라와 있었다. 엉덩이를 구르자 돌콩의 등이 아래로 천천히 내려갔다.

"좋았어!"

고아영이 뒷걸음질을 치는 갈빛을 순식간에 제압하여 나란히 섰다. 마치 발주대에 서 있는 것 같았다.

"탕!"

머릿속으로 출발 신호를 보냈다. 고아영도 그랬나 보다. 고아영과 나는 경주를 하듯 말을 몰기 시작했다. 갈빛의 질주 동작과 돌콩의 질주 동작은 확실히 달랐다. 돌콩은 전력으로 달리다가도 비월 경기에서 필요한 앞발 모둠 뛰기를 병행했다. 몸동작이 거친 파도 같았다. 자칫하면 안장에서 튕겨져 날아갈 수 있었다.

첫 번째 모둠 뛰기를 당하자 몸에 소름이 쪽 돋았다. 두 번째 세 번째도 마찬가지였다.

"달려라, 돌콩!"

고삐를 살짝 놓아주며 힘껏 소리쳤다. 비로소 네 번째의 모둠 뛰기에는 돌콩과 한 몸이 되었다. 나는 날아가는 느낌을 온몸으로 즐기며 거침없이 달렸다.

말을 바꿔 타고 나타나자 외삼촌이 깜짝 놀랐다.

"고아영! 오공일! 너희들 이제 정식 기수를 해도 되겠구나. 갈빛과 돌콩을 번갈아 탈 정도면 완전히 프로급이다. 그건 말의 능력이 아니라 기수의 능력이다."

외삼촌의 칭찬에 몸이 붕붕 떠오르는 것 같았다.

"와! 제주마 너무 멋져! 특히 너희들이 타니까 더 멋지다."

의무실장까지 칭찬을 아끼지 않았다.

"저도 한 번 타볼게요."

용만 형이 나섰다.

"그래, 용만 학생! 내가 타보니까 완전 환상이야. 더러브렛은 저리 가라야. 마치 폭신한 쿠션에 묻힌 기분이더라고. 마치 꿈을 꾸고 있는 것 같았어."

의무실장이 오버를 하고 있었다. 나는 자유로움과 그 자유로움을 자유롭게 하는 어떤 힘을 제주마에게서 느꼈다. 의무실장이 느낀 것은 외삼촌의 친절이겠지.

"그래요? 그럼 나도 더러브렛 과정을 그만두고 제주마 과정을 할까?"

용만 형은 바보가 다 되었다. 의무실장의 말을 그대로 믿다니.

"그럼 더 멋있겠다."

의무실장이 용만 형의 말에 맞장구를 쳐댔다. 이러다가는 진짜 용만 형이 제주마 과정으로 옮길지도 모를 일이었다.

"큰일 났다. 어쩌지?"

고아영이 속삭였다. 이제야 고아영도 사태의 심각성을 깨달은 모양이었다. 외삼촌이 식사를 하러 가자는 말도 무시하고 용만 형이 말에 올랐다.

아, 불쌍한 돈키호테여! 죄 없는 제주마 한 마리가 로시난테가 되어버렸다.

채찍을 챙겨라!

기수 시험을 위한 모의 경주 훈련이 시작되었다.

차디찬.

말 이름치고는 독특하다. 성격이 차가워서 붙였는지 차는 악벽이 있어 붙였는지 모르지만 차디찬은 이름값을 톡톡히 했다. 차디찬은 교육생들이 제일 부담스러워하는 말이었다.

고아영의 말로는 차디찬은 승마용 말이 아니라 경주용 말이라는 것이다. 경주마술 테스트에서 고아영이 차디찬의 기수가 되었었다. 총소리와 함께 발주대를 뛰쳐나간 차디찬을 기수인 고아영이 정신없이 몰아댔다. 채찍으로 엉덩이를 때리고 고삐를 휘둘러댔다. 그렇게 하자 차디찬이 점점 속도를 내기 시작했다. 결승점 300미터를 앞두고 완전히 폭발해버렸다는 표현이 어울렸다. 고아영과 차디찬은 실제 경주에서나 낼 수 있는 획기적인 기록으로 교관들을 놀라게 했다.

"차디찬을 부리려고 하지 마. 무조건 차디찬을 따라주라고."

고아영이 조언을 했다. 이미 고아영은 실버셋이라는 말을 타고 훌륭히 장애마술 테스트를 마친 상태였다. 차디찬은 고지식하다. 장애마술 훈련에서 걸음 조절을 잘못해서 도움닫기에 실패할 때가 있다. 융통성이 있는 말들은 그 자리에 멈춰버리던지 아니면 장애물을 돌아버린다. 그러나 차디찬은 그대로 봉을 차고 나가버렸다. 잘못하다가는 앞발 무릎관절이 부서질 수도 있고 기수가 떨어질 수도 있었다. 고아영의 말대로라면 그 고지식함을 인정을 해주라는 것이었다. 내가 생각하기에는 적당한 제어와 부림이 절대적으로 필요했다.

"홧띵!"

고아영이 응원을 보냈다. 어쩔 수 없이 피식 웃기는 했지만 솔직히 맞장구를 칠 기분은 아니었다. 지난번 경주마술 테스트에서 나는 실패를 했다. 새나라라는 말을 배정 받았는데 발주는 훌륭했다. 욕심이 대단해 선행마의 습성을 가진 말인데 뒤쫓던 말이 추월을 하자 갑자기 의욕을 잃어버렸다. 세 마리의 말들이 앞서 달리자 새나라는 돌연 몸을 틀어 주로를 이탈했다. 경주를 포기한다는 뜻이었다. 아무리 발을 구르고 목덜미를 두들겨댔지만 새나라는 요지부동이었다. 마치 산책을 나온 듯 터덜터덜 걸었다.

"대차게 몰아댔어야지. 너까지 미지근하니까 놈이 만만히 본 거라고."

창피해 죽겠는데 고아영까지 성질을 건드렸다. 고아영이 내 실수를 다시 한 번 짚어주려는 듯 미친 듯이 차디찬을 몰아 교관들의 칭찬을 받은 것이 그 이후였다. 그래서 더 기분이 엉망이었다.

경주마술 테스트에서는 그렇게 실제 경주처럼 할 필요가 없었다. 교관들도 그렇게 말했다. 정석적인 발주와 질주, 그리고 모범적인 기승 자세와 말과의 교감. 지극히 교과서적인 경주를 원한다고 했다. 등수와 기록은 상관없다고 했었다.

내 방식대로 할 거다. 참견하지 마라. 불끈 오기가 생겼다. 어떻게 하든 이번 장애마술 테스트를 멋지게 하고 싶었다.

"잘해보자."

차디찬의 턱을 부드럽게 만져주며 속삭였다. 차디찬의 가슴팍이 후드득 떨렸다. 긴장을 하고 있다는 표시였다.

"괜찮아! 잘할 수 있어."

다시 목덜미를 쓰다듬고 뺨을 다독여 안정을 시켰다. 그렇게 하자 차디찬이 경직된 어깨를 슬그머니 풀었다. 헐거워진 헬맷의 끈을 단단히 조였다. 고삐를 움켜쥐고 발걸이에 왼발을 끼워 공중을 향해 박차 올랐다. 엉덩이가 정확히 안장에 안착됨과 동시에 차디찬의 허리가 착 가라앉았다. 성공이다.

"호르륵!"

교관의 신호가 떨어졌다. 튀어나가려는 차디찬의 몸을 고삐를 당겨 조절했다. 도움닫기 구간을 눈어림으로 짐작하며 천천히 보폭을 맞춰나갔다. 때가 되었다. 당겼던 고삐를 풀어주며 허벅지 안쪽으로 차디찬의 옆구리를 쿡 질렀다. 차디찬이 몸을 고무줄처럼 쭉 늘이더니 있는 힘껏 도움닫기를 했다. 이럴 때는 기수의 균형이 중요했다. 살짝 엉덩이를 들어 중량을 줄이며 말의 몸에 몸을 맡기는 거였다.

드디어 비월의 시점이었다. 놓아주었던 고삐를 툭 치며 신호를 보냈다. 신호에 맞춰 차디찬이 앞발을 높이 처들어 봉 위를 날았다. 아무래도 착지가 불안했다. 기세를 몰아 두 번째 장애물로 달렸다. 갑자기 고삐가 팽팽해졌다. 속도가 빠르다. 고삐를 당기자 차디찬의 목이 틀어지면서 균형이 깨졌다. 그래도 고삐를 놓을 수 없었다. 이대로 질주하다가는 봉을 치고 나갈 수밖에 없었다.

차디찬이 목을 휘둘렀다. 그 바람에 고삐를 놓치고 말았다. 고삐를 놓치지 않았다면 내가 말에서 떨어질 뻔했다. 고삐 풀린 망아지라는 말이 이런 때 쓰는 말일 거다. 차디찬이 흥분을 하며 날뛰기 시작했다. 앞발에 봉이 떨어지고 떨어진 봉이 뒷발에 걸리고……. 나는 갈기털을 움켜쥐고 대롱대롱 매달렸다. 순식간에 훈련장이 쑥대밭이 되었다. 교관과 조교들이 달려와 차디찬의 고삐를 잡았다. 나는 말에서 볼품없이 떨어져버렸다.

"오공일! 말 잡으려고 작정했냐? 고삐 하나도 간수 못하면서 무슨 말을 탄다고 그래. 엉?"

교관보다 조교가 더 난리였다.

"말 다친 데 없나 살펴봐. 어섯!"

교관의 눈에 나는 보이지 않았다. 오로지 말뿐이었다. 고삐를 놓치면서 비틀렸는지 어깨가 이상했다. 손을 들어 올리지 못할 정도로 아팠다. 어깨가 탈골이 된 듯했다.

"돌콩! 왜 그래. 어디 아파?"

고아영이 뛰어와 내 겨드랑이에 손을 찔렀다.

"아악!"

나는 고통을 참지 못하고 소리를 질렀다.

"공일이가 다쳤나 봐요."

고아영이 소리쳤다.

"다치기는 무슨. 보나마나 어깨뼈가 탈골된 거겠지. 내가 말이라도 가만 안 됐다. 말이 봐줬으니까 그 정도인 줄 알아."

교관이 돌아보지도 않고 말했다. 눈물이 왈칵 쏟아졌다.

"바보같이 왜 울고 그래. 의무실 가자."

고아영이 부축을 해주는 것을 뿌리쳤다.

"안 죽으니까 냅둬! 그따위로 하면 기수 시험은 어림도 없다. 고아영은 신경 쓰지 말고 말 좀 데려가서 살펴봐. 다친 데 없나. 이상이 있으면 마의실에 데려다 주고."

더러워서 안 타겠다는 말이 목구멍까지 치밀어올랐다. 교관의 말에 고아영이 나를 버려둔 채 득달같이 차디찬의 곁으로 갔다.

"차디찬이 많이 놀란 것 같으니까 목욕이라도 시켜줄까요?"

고아영이 한술 더 떴다. 언제부터 교관의 말이라면 그렇게 껌뻑 죽었는지. 의무실로 가면서 나는 어깨의 아픔보다 고아영의 배신에 더 큰 아픔을 느꼈다.

"어깨는 한 번 빠지면 자꾸 빠지는데."

의무실장은 인정사정이 없었다. 아예 어깨에서 팔을 뽑아버리기라도 할 듯 마음대로 주물러댔다. 용만 형도 의무실에 와 있었다. 파스 냄새가 진동을 하는 것을 보니 또 잔머리를 굴린 것이다. 제주도에 다녀오고 나서 용만 형의 의무실 출입이 부쩍 잦아졌다.

"아악! <u>으으으.</u>"

참으려 했지만 비명이 저절로 나왔다.

"이상하다? 이 정도면 맞춰지는데. 용만 학생, 여기 좀 잡아봐."

의무실장이 용만 형을 불러 어깨를 찍어누르게 했다. 용만 형은 아주 살판이 났다. 제주도에서 자기 편을 안 들어주었다고 잔뜩 삐져 있었다.

"차디찬 글라스에 빨간 립스틱! 차디찬 글라스에 빨간 립스틱!"

용만 형은 고장 난 음반처럼 그 대목만 반복해서 불렀다. 내가 차디찬을 타다가 다친 것을 알고 있는 것이다. 그러니까 약을 올리기 위해 그런 노래를 부르는 거다. 용만 형은 어깨를 찍어누르는 것이 아니었다. 열 손가락을 고양이 발톱처럼 세워 합법적으로 살 속에 박아넣고 있었다. 의무실장의 탈골 치료보다 더 아팠다.

"투둑!"

어깨에서 소리가 났다. 거짓말처럼 아픔이 싹 가셨다.

"용만 학생! 고생했어. 호홋!"

의무실장이 활짝 웃었다. 고생은 쥐뿔, 무슨 고생을 했다고.

"선생님, 저는 자랑할 것이 힘밖에 없거든요. 그러니까 힘 쓸 일 있으시면 언제라도 콜?"

"콜!"

아주 둘이 댄스를 한다.

"차디찬 글라스에 빨간 립스틱! 차디찬 글라스에 빨간 립스틱!"

용만 형이 또 흥얼거렸다. 나를 졸졸 따라다니며 성질을 낼 때까지 부르고 싶을 거다. 그러나 다행히 의무실장과 같이 있는 것이 더 좋은지 문 밖까지 따라 나오지는 않았다.

당장 코앞에 닥친 기수 시험이 걱정이었다. 기수 시험에 합격을 하면 곧바로 데뷔전이었다. 실제 경주에 투입되는 것이다.

기수 교육원에서의 실질적인 교육 과정은 거의 마무리가 되었다. 행동도 자유롭고 외출, 외박도 수월했다.

"오공일 교육생, 정문 면회실에 손님이 와 있습니다."

방송이 나왔다. 면회는 처음이었다. 금주일까 생각했지만 평일이다. 혹시 시험을 보고 일찍 마쳤을지도 모를 일이었다. 금주라면 기분도 꿀꿀하던 참에 외출 신청을 해버릴 생각이었다.

놀랍게도 도민이가 찾아왔다. 수염도 덥수룩하고 얼굴은 살이 빠져 다른 사람인 줄 알았다. 쳐다보고 웃는데 이빨만 시리도록 하얗다.

"어, 어떻게……."

말이 안 나왔다.

"야, 조카가 삼촌 찾아 왔는데 뭘 그렇게 놀라냐? 배고픈데 우선 이거라도 먹자."

도민이가 배낭을 풀어 치킨 상자를 꺼내놓았다.

"먹자! 집 나가니까 가장 힘든 것이 배고픈 거더라."

치킨 상자에서 통통한 닭다리를 골라 불쑥 내민다. 빙긋 웃음까지 지으며. 꼴은 말이 아니었지만 표정이 부드러워졌다. 예리해보이고, 조급해보이고, 차갑게 보이던 도민이가 변했다.

"체중 조절 때문에 안 돼."

며칠 사이에 500그램이 불었다. 체질적으로 다른 교육생들보다는 덜하지만 기수들에게 체중은 가장 큰 적이었다. 최고 49킬로그램을 유지한다는 것은 어떤 사람에게는 죽을 만큼의 고통이다. 벌써 몇 사람이 체중 때문에 어쩔 수 없이 퇴소를 하고 말았다.

"아참, 그렇지."

도민이가 닭다리를 도로 뺐었다.

"그 채찍 잘 갖고 있냐?"

도민이가 원하면 당장 돌려줄 수 있었다. 도민이가 면회를 온 것을 알았더라면 숙소에서 가지고 나왔을 것이다.

"인터넷을 뒤져 한 달 동안 만든 거다. 명품 채찍이지. 하하핫!"

도민이가 소리 내어 웃었다. 채찍을 도민이가 만들었다는 얘기다. 뭣에 쓰려고……. 자기 자신을 부단히 다그치기 위한 기구였을 것이다. 그래서 허벅지를 때렸겠지.

"돌려줘?"

정말 돌려주고 싶었다.

"아니? 아주 가져라."

도민이가 치킨 한 상자를 다 먹어 치우고 일어섰다. 휘청휘청, 울렁불렁, 너울너울. 도민이의 걸음걸이가 그랬다. 나는 도민이의 뒷모습을 한참 동안 바라보았다.

기수 면허 시험에는 열여섯 명의 제주마 과정 교육생들과 일부 더러브렛 과정의 교육생들, 그리고 교육 과정을 마쳤지만 기수 면허 시험을 통과하지 못한 사람들이 응시를 했다. 기수 수요가 10명이라니까 적어도 4대 1의 경쟁률이었다. 상대 평가가 아니라 절대 평가로 합격자를 가린다. 합격자가 더 나올 수도 있고 덜 나올 수도 있다는 것이다.

고아영은 느긋한 반면 나는 초조했다. 주책없이 용만 형까지 시험에 응시해 경쟁률만 높여놓았다.

"야, 돌콩! 안 되면 재수하자. 졸업은 했지만 본인이 원하면 여기서 조교 노릇을 할 수도 있다던데."

용만 형이 물귀신처럼 나를 끌고 들어갔다.

드디어 합격자 발표의 날이 밝았다. 밤새 뒤척이다 말 울음소리를 듣고 일어났다. 아직 날이 밝지 않았다. 제주마 과정 교육생들은 졸업 후 대부분 집으로 돌아갔다. 고아영이 기수 면허 합격자 발표가 있을 때까지 남는다 하여 핑계 김에 같이 남았다. 이제 기수 교육원을 떠나야 할 때였다. 합격이 되든지 불합격이 되든지. 짐도 이미 다 꾸려놓은 상태였다. 마음이 싱숭생숭해서 밖으로 나왔다. 아직 날이 다 밝지 않았다.

"잠 못 잤냐?"

연못가 쪽에서 고아영이 걸어왔다. 고아영의 손에는 수선화가 화분에 담겨 있었다. 떠날 준비를 하면서 챙긴 것이다. 괜히 콧날이 시큰해지면서 눈물이 쿨렁 솟았다.

"하나는 네가 가져라."

고아영이 화분 하나를 내밀었다. 1년 사이 새끼를 하나 쳤다. 수선화는 알뿌리로 번식을 했다. 내게 내민 것은 줄기가 작은 새끼 수선화였다.

"아니지. 그냥 내가 맡는 게 좋겠다. 어차피 둘 다 제주도에 갈 거잖아."

위로치고는 근사한 위로다.

"그동안 고마웠다."

진심이다. 아웅다웅 다투고, 죽일 듯 욕을 해대며 싸웠지만 그래서 정이 더 든 것이다.

"같이 간다니깐?"

고아영이 신경질을 내며 말끝을 올렸다. 또 그 버릇이 나왔다. 대꾸를 하면 싸움이 날 듯해 자리를 피했다.

오전 9시가 되어도 소식이 없었고 10시가 되어도 마찬가지였다. 포기를 하고 숙소 정리를 했다. 개별 통보 후 홈페이지 게시판에 올린다고 했으니까 불합격된 것이다. 숙소에서 짐을 들고 나오는데 문자 도착 알림음이 울렸다.

오공일 님, 제주마 기수 면허 시험의 합격을 축하드립니다.

됐다! 합격이었다. 몸이 폭발할 것 같았다.

"고똘!"

"돌콩!"

고아영에게도 연락이 간 듯했다. 복도 끝 방에서 고아영이 소리를 질렀다. 나도 소리를 질렀고. 거의 동시였다. 믿을 수 없어 휴게실로 달려가 홈페이지를 열었다. 합격자 명단에 고아영과 나의 이름이 올라와 있었다.

데뷔전 날짜가 잡히고 10조 배정이라는 문자 통보를 받았다. 문자 통보를 확인하자마자 전화가 왔다. 064로 시작되는 번호였다. 제주도라는 것을 직감으로 알았다.

"오공일 기수, 나 10조를 맡고 있는 이장교 조교사요. 내일까지 여기로 오소!"

억센 경상도 사투리였다. 전화가 뚝 끊겼다. 다시 전화가 왔다. 조교사인 줄 알고 공손하게 전화를 받았다.

"야, 돌콩! 전화 받았냐? 난 17조에 배정 받았는데 너는 몇 조냐? 조교사는 누구고."

고아영이다. 고아영은 합격자 발표가 난 그날로 제주도로 날아갔다.

"……."

"야, 돌콩! 안 들려? 몇 조냐고. 조교사는 누구냐고."

기억을 할 리가 없다.

"몰라. 그런데 여기가 어디냐?"

여기로 오소! 마지막 말만 기억되었다. 조교사가 말하는 여기란 어디인지. 내가 궁금한 것은 그것이었다.

"얘가 벌써부터 쫄았나? 무슨 말 콧구멍 같은 소리야."

고아영은 흥분 상태였다. 데뷔전을 치를 생각만 해도 흥분이 된다더니.

"그냥 여기로 오래. 그 말밖에 안 했어."

"아, 거기? 알았어. 비행기 도착 시간 알려주면 외삼촌 보낼게. 거기로 와."

여기, 거기. 도무지 정신을 차릴 수 없었다.

"우리 17조 조교사는 여기에서 알아주거든? 나도 내일부터 거기 가서 준비를 할 거다. 우리 진짜 경주에 나가는 거지? 우아! 설렌다. 우아! 클 났다."

고아영답지 않다. 나는 아직은 거기까지 아니었다.

기수가 되면 조를 배정 받는다. 운동 경기로 치면 팀이다. 거기에는 감독 격인 조교사가 있다. 기수는 조교사의 작전과 지시에 따라 경주 준비를 하면 된다. 기승할 말도 조교사가 선택할 것이고 말 관리는 마필 관리사라고 코치 일을 하는 사람이 한다. 기수 교육원에서 다 배운 것들이었다.

그러나 내게 당장 필요한 것은 제주도를 어떻게 가느냐였다. 지난번에는 항공권 예매도 의무실장이 했고 공항에 가서는 졸졸 따라만 다녔다. 그래도 정신이 하나도 없었다. 이제는 그 일을 나 혼자 다 해야 했다. 가장 먼저 생각난 것이 금주였다.

"도금주, 내일 당장 여기로 오래."

전화를 걸었다. 금주는 여기라는 소리를 못 알아듣는 듯했다.

"거기로 오란다니깐?"

나도 고아영을 닮아 간다. 말끝이 쭉 올라갔다.

"가면 되지."

쉬운 대답이다. 언제 금주가 심각한 적이 있었던가? 도움이 될 것이라는 생각이 잘못이었다. 화가 나서 전화를 뚝 끊었다. 형에게 부탁을 할까 생각도 해 봤지만 적절치 않았다. 보나마나 도민이가 돌아와 난리가 났을 것이었다. 영태도 생각해 보았다. 가능성이 없었다. 마지막으로 의무실장에게 항공권이라도 부탁하려고 전화를 걸었다.

"어? 돌콩, 웬일이야?"

일단 반가워해주니 내가 더 반가웠다. 돈을 입금해줄 테니 항공권 예약을 해달라고 할 참이었다.

"여기로 내려온다며? 나도 데뷔전 때 갈게. 응원 열심히 할게. 꼭 일등 해야 된다. 알았지? 우리 아영이는 지금 난리가 났다. 호호홋!"

무슨 날벼락일까? 우리 아영이란다. 의무실장은 제주도 목장에 가 있는 것이 분명했다. 용만 형의 얼굴이 떠올랐지만 지금은 깊이 생각할 겨를이 없었다.

"예!"

정중하게 인사를 하며 전화를 끊었다. 이제는 인터넷이라도 뒤져 스스로 해결을 해야 될 듯했다. 그때 전화가 왔다. 싸가지 조카라는 글자가 떴다. 도민이다. 오래전 합숙소로 채찍을 가져다 달라고 할 때 형이 알려 준 전화번호였다. 혹시나 몰라서 입력만 해놓고 한 번도 전화를 걸거나 받은 적이 없었다.

"야, 내일까지 제주도에 가야 된다며? 항공권은 구했냐? 짐은 챙겼냐? 돈은 있냐?"

없다. 없는 것투성이다. 미치겠다.

"……."

"항공권은 내가 알아서 예약할 거고 돈이 없으면 소라도 한 마리 팔아서 가져간다. 너는 할머니한테 인사를 하고 짐만 간단히 챙겨라. 항공권 되는 대로 오늘 당장 가자."

도민이가 전화를 끊었다.

"으헝!"

참으려 했는데 소 울음소리가 튀어나왔다. 집이 떠나가도록 마음껏 울고 싶었는데 휴대전화에 싸가지 조카라는 글자가 또 떴다. 얼른 울음을 마무리하고 전화를 받았다. 도민이가 같이 가준다면 겁나는 것이 없었다. 제주도가 아니라 공항까지만 따라가 준다고 해도 기운이 펄펄 났다. 죽을 것 같던 걱정거리가 다 해결되어버렸다. 금주도 정말 고마웠다. 도민이에게 연락을 할 사람은 금주밖에 없었다. 태어나서 이렇게 사람이 고마운 것이 처음이었다.

6시까지 공항버스 정류장으로 나와. 8시 비행기니까.

도민이에게서 문자가 왔다. 엄마가 일을 하는 건물에 다녀와도 될 것 같았다. 거기서 공항버스 정류장까지는 아주 가까웠다. 대충 옷가지를 챙겨 가방을 꾸렸다. 집에서 나와 한참을 걷다 채찍 생각이 났다. 다시 뛰어가 채찍을 챙겼다. 채찍을 허리춤에 찌르고 상의를 빼내 덮었다. 걷는데 자꾸 채찍이 옆구리를 찔렀다.

아버지가 끌어안고 죽었다던 전봇대가 있는 골목이다. 엄마는 출근을 하면서 매일매일 그 골목을 지나간다. 아버지의 제사를 지내고 난 다음 날 아침에도 음복하고 남은 술을 전봇대에 붓고 갔다. 나중에 나도 슈퍼에서 소주를 사서 부었지만 말이다. 그때 전봇대 밑에서 주운 엄마의 하트 모양 단추는 지금까지 내가 갖고 있었다. 배낭의 주머니를 뒤지자 단추가 만져졌다. 개 한 마리가 전봇대에 붙어 오줌을 갈기고 있었다. 나는 발소리를 크게 내며 뛰어가 개를 쫓아버렸다.

전봇대를 한참 동안 바라보았다. 개가 놀라서 오줌을 싸다 말았는지 흔적이 희미하다. 오줌 흔적이 햇살에 금방 말라버렸다. 나는 엄마의 단추를 꺼내 전봇대 밑에 놓았다. 그리고 엄마에게 큰 소리로 전화를 걸었다.

"엄마, 나 공일인데. 지금 제주도 간다? 드디어 말을 타고 경주를 하는 거야. 말 타는 것 진짜 좋다? 말을 타고 달리면 말이지……."

말을 멈춘 것은 울음이 나와 그런 것이 아니었다. 엄마가 자꾸 끼어들어 참견을 하는 바람에 진짜 하고 싶은 말을 잠시 잊어버려서였다.

"도민이도 같이 가 준다고 해서 기분 좋다? 그런데 왜 칠칠맞게 전봇대 밑에 단추를 떨어뜨리고 그래. 단추 여기다 놓았으니

이따 퇴근하다가 찾아가. 옷에 꼭 달아. 그리고 돈 많이 벌면 엄마
도 제주도로 이사 가자. 엄마도 말 타면 기분이 좋을걸?"

말을 하면서 몇 번이나 말 속에 아버지라는 단어를 집어넣어
보려고 했다. 그러나 도저히 집어넣을 수가 없었다. 이제 엄마에
게 찾아가지 않아도 되었다. 할 말을 다 했으니까. 엄마가 계속 전
화를 했지만 받지 않았다. 골목을 나오면서 나는 입을 쩍쩍 벌리
고 입술을 이리저리 돌렸다. 뭔가 꼭 해야 될 말이 있는 것 같은
데 입이 마비가 된 듯 터져 나오지 않았다.

"아-버-지!"

이제 됐다. 큰길로 나오자 비로소 말이 터졌다. 콧등이 시큰해
지더니 눈물이 주르륵 뺨을 타고 흘렀다.

일등 할 생각 말고 다치지 마.

금주가 문자를 보냈다. 바보 같은 엄마! 엄마는 전화만 걸 줄
알지 금주처럼 문자도 못 보냈다. 내가 죽으면 죽었지 전화를 받
나 봐라.

"울었냐?"

도민이가 먼저 와 기다리고 있었다. 울긴……. 재빨리 눈두덩을
비볐다. 도민이의 휴대전화도 쉴 새 없이 울렸다. 내 휴대전화와
경쟁을 하나 보다.

"우리 받지 말자."

도민이가 피식 웃으며 말했다. 나도 웃어주었다. 공항버스가 와서 멈췄다. 두 자리가 비어 있는 곳이 없어 도민이와 나는 남남처럼 찢어져 앉았다. 모두들 공항으로 가는 사람들이라 중간에 내리는 사람은 없을 것이다. 통로 건너편 앞자리에 앉은 도민이의 머리가 산봉우리처럼 불쑥 솟아올랐다. 싸가지! 입속으로 중얼거리는데 웃음이 툭 터졌다.

"외국 나가?"

옆자리의 아줌마가 물었다. 아마 좋아서 히죽거리는 것이라고 생각하는 모양이었다. 도민이의 앉은키를 보고 삼촌보다 큰 조카가 못마땅해서 그랬는데.

"제주도요."

"제주도는 왜?"

참 호기심이 많은 아줌마다. 아니면 심심했던지.

"말 타러요."

"말?"

"제가 제주마 기수거든요. 경주가 있어서요."

"와 멋지다! 어쩐지 몸이 돌콩처럼 단단한 게 그런 줄 알았어."

"돌콩요?"

깜짝 놀라 물었다. 아줌마는 내가 기분이 나빠 되묻는 줄 알았다.

"미안! 나쁜 말은 아니고 작고 야무져서 기수를 하면 잘하겠다는 뜻이야. 호호호."

대꾸를 하다 보면 끝이 없을 듯했다. 말을 끊어버린 것은 도민이가 뒤를 돌아보며 픽 웃어서였다. 웃음이 많아졌다는 것, 도민이의 가장 큰 변화였다.

"아유, 잠을 비행기에서 어찌 자나? 그것도 열두 시간씩이나."

아줌마가 혼자 중얼거렸다. 아주 먼 나라로 여행을 가는 듯했다. 잠 걱정을 하더니 아줌마는 금방 잠이 들었다. 그것도 웃음거리였다. 공항버스에서 내렸다. 어둠이 슬슬 내려앉았다.

"너 수다스러워졌더라?"

도민이가 한마디 했다.

"그 아줌마가 자꾸 말을 시키잖아. 푹!"

또 웃음이 터졌다. 도민이에게 전염이 되었나 보다.

"참, 채찍은 챙겼냐?"

도민이가 물었다. 나는 상의를 들춰 권총처럼 허리춤에 찌른 채찍을 슬쩍 보여주었다.

　동화를 쓴 지 17년째다. 기존 나이에 열일곱 살을 더 보탠 셈이다.

　그동안 나는 유년의 아이들이 읽는 그림동화부터 초등학교 전학년 대상의 동화를 줄기차게 써왔고 어느덧 동화책을 서른 권넘게 보유한 작가가 되었다. 더불어 작가로서의 경력 나이가 열일곱 살이 되어버렸다. 그러던 어느 날, 17이라는 숫자를 인식한순간 나는 생애 처음으로 청소년소설을 써야 되겠다는 결심을 굳히게 되었다.

　그것은 반란이었다. 자신의 치부를 드러내는 일, 되짚어보니 나의 청소년기는 고인 물이었다. 순종이었고 복종이었다. 유난히 작은 체구와 허약함에 눌려 숨조차 크게 못 쉬고 보낸 고요의 시기였다. 내·외적으로 핍박의 시기였다. 그래서인지 당시의 아름다운 일들은 떠오르지 않았고 아득한 기억 너머 작고 초라한 소년 하나가 안타깝게 웅크리고 있었다. 차라리 잘된 일이었다. 그렇다면 제대로 그 나이를 다시 한 번 살아보자는 오기가 생겼다. 드디어 나는 기존의 나이를 덜어내고 진짜 열일곱 살이 되었다.

내 열일곱이 그랬듯이 주인공 오공일은 작고 왜소하다. 불완전하다. 더군다나 일요일에 태어났다고 해서 성의 없이 '공일'이라는 이름을 갖게 된 아이다. 불우한 가정환경과 불리한 체격 조건에 핍박받는 아이다. 그러나 나처럼 그렇게 자포자기 상태가 되어 참아내도록 내버려둘 수 없었다.

「작다고 얕보지 마라. 내 안에도 천지의 모든 기운이 들어 있다. 바람에 흔들리는 가녀린 줄기라고 안타까워하지도 말아라. 한 번 잡으면 내 몸이 끊어지기까지 놓지 않는다. 너희는 언제 이렇게 목숨 걸고 무언가를 잡아본 적이 있는가? 이렇게 단단하게 익어본 적이 있는가?」

본문에도 인용했지만 들꽃목사, 달팽이목사로 널리 알려진 김민수 님의 '돌콩'에 대한 글이다. 이 몇 문장은 세상의 작은 것들에 대한 절대적인 자기 정체성 회복의 지표가 된다. 나 역시 소설을 쓰면서 이 글을 붙들고 주인공 오공일에게 모든 애정을 다 쏟아부었다. 그리고 오공일에게 자신을 독려하고 지켜나가는 멋진 채찍 하나를 선물했다. 글 인용을 허락해 준 김민수 님께 감사드린다.

의도한 것은 아닌데 나는 얼마 전부터 경차를 구입하여 타고 다니고 있다. 대학생인 아들조차도 픽픽 콧방귀를 뀌는 것을 보면 현재의 내 나이, 열일곱 에 꼭 맞는 차인가 보다. 물론 열일곱 이라는 나이와 기존의 나이를 합산한 사람들은 지나가는 말로라도 이렇게 꼭꼭 참견을 한다.

'웬만하면 바꾸지?'

그러나 나는 정말이지 바꿀 마음이 없다. 도로를 달리다 보면 큰 차들의 위협은 가히 공포다. 신호도 없이 불쑥불쑥 몸체를 들이밀기도 하고 보란 듯이 경적을 울리며 추월하기를 밥 먹듯 한다. 그러거나 말거나다. 나는 열일곱이니까 당당하다. 나는 오늘도 채찍을 휘두르며 보란 듯이 차선을 차지하여 달리고 또 달린다. 하하하!

2013년 봄, 홍종의

청소년소설을 대할 때마다 나는 나의 그 시절을 떠올리게 된다. 감추려고 해도 감춰지지 않았던 절망, 퍼내려고 하면 할수록 깊이를 더하던 상처, 그것은 완벽하지 못한 스스로에 대한 질책이고 괴로움이었다. 세상에 처음부터 존재하는 완성품은 없다는 걸 당시에는 몰랐었다. 하지만 그것을 이겨내려는 용기가 돌아보면 부품을 맞춰 완성품을 만드는 하나의 과정이었다.

『달려라, 돌콩』을 읽으며 나도 모르게 오공일에게 푹 빠졌다. 완성품을 만드는 과정을 즐길 줄 아는 녀석이었다. 작가의 의도를 뛰어넘어 작품을 끌고 나가는 제대로 된 주인공이었다.

"야, 이 새꺄. 그럼 죽는단 말야. 나가라고! 어서 도망치자고!"
녀석에게로 다가가 닥치는 대로 주먹을 내지르고 발길질을 했다. 주먹이 깨지고 발이 떨어져 나가는 듯했다. 그래도 녀석은 꼼짝하지 않았다. 바로 이럴 때 채찍이 필요하다.

혼자 구제역이라는 치명적인 천형을 짊어지고 죽어가는 소를 향해 던지는 오공일의 외침이다. 그것은 오공일 자신에게 가하는 채찍이었다. 오공일이 그랬던 것처럼 소에게 구제역보다 더 견딜 수 없었던 것은 작은 체격 조건에 밀린 무리에서의 이탈이었는지 모른다.

소설 속에는 많은 사물들이 등장해 주인공 오공일을 대변하고 있다. '다마스' '돌콩' '조랑말' 등이 그것이다. 이 소설을 통해 작가는 세상의 작은 것들을 수시로 불러들였다. 작은 것이 곧 미숙으로 치부되는 세태에서 주인공 오공일을 비롯한 작은 것들을 완숙으로 인정하려는 작가의 노력. 그러한 노력은 소설을 통해 청소년기 자체를 하나의 완성품으로 바꿔놓는다. 오공일은 기수라는 독특한 진로를 선택하고 완성을 향해 마음껏 내달린다. 이 소설은 이미 수십 편의 동화를 통해 동심 그 자체를 하나의 완성으로 인정해왔던 홍종의 작가의 또 다른 완성품으로 자리 잡는다.

『달려라, 돌콩』은 세상의 작고, 느리고, 못생기고, 단순한 것들에게 보내는 완성의 행진곡이자 응원가다.

박현숙(동화작가)

하늘을 달린다 | 이상권 장편소설   ★ 문화체육관광부 우수교양도서

우리나라 대표 생태문학 작가, 이상권의 장편소설이다. 짝짓기 시기가 된 암컷 딱새 '하늘눈'은 '번개부리'와 함께 인간들이 버리고 간 벌통에 그들만의 터전을 마련하지만, 다른 새들이 시시때때로 그들을 노린다. 작가는 새 한 마리 한 마리의 삶을 통해 사랑, 생명, 자연을 이야기한다.

정의의 이름으로 | 양호문 장편소설   ★ 아침독서 추천도서

성적 외에는 관심을 두지 않는 엄친아 주인공이 친일과 청산 문제를 접하면서 조금씩 성장한다. 작가는 역사왜곡과 역사정의에 관한 문제를 청소년들과 함께 고민해 보고 싶다고 말했고, 이 책을 통해 '일제강점기의 잔재 청산'에 대한 간접적인 경험을 선사한다.

불량청춘 목록 | 박상률 장편소설

진식은 어느 것 하나 빠지지 않는 모범생 반장이다. 하지만 버섯즙 패거리는 진식과 진식의 친구 현우에게 계속 시비를 걸어온다. 급기야 주유소 습격 사건, 현우의 여자친구인 은빈이를 납치하는 일까지 벌이는데…… 불량청춘들의 진짜 싸움은 주먹이 아니라 자기반성과 성찰임을 보여준다.

다이어트 학교 | 김혜정 장편소설   ★ 책따세 추천도서
★ 아침독서 추천도서

살을 빼고야 말겠다고 독하게 결심한 홍희는 다이어트 학교에 들어간다. 하지만 목표 체중에 도달하지 못하면 '나는 돼지다. 하지만 사람이 될 거다!'라는 구호를 외쳐야 하고, 금식령이나 독방령이 선포되기도 한다. 정말 다이어트를 위해 모든 것을 포기해도 되는 걸까?

라구나 이야기 외전 | 박영란 소설집   ★ 서울시교육청 추천도서
★ 한국도서관협회 우수문학도서

필리핀 라구나에서 외로움과 슬픔의 시간을 딛고 진정한 자신과 마주하는 일곱 인물들의 이야기이다. 이야기의 배경이 되는 라구나에서의 삶은 누군가에게는 타국이라는 낯선 일상이기도 하고 또 다른 누군가에게는 가까이하기엔 너무나도 먼 이상을 꿈꿀 수밖에 없는 현실이기도 하다.

지하세계 아이들 | 프랑수아즈 제 장편소설
★ 한국간행물윤리위원회 청소년권장도서
★ 프랑스 내 22개 문학상 노미네이트, 6개 문학상 수상작

이리엘은 부모를 잃은 소녀지만 다른 버려진 아이들을 돌보며 삶의 희망을 잃지 않는다. 어느 날 이리엘은 은신처를 발각당해 아이들과 헤어지고……, 세상에는 혁명의 기운이 감돈다.

시간을 파는 상점 | 김선영 장편소설 ★ 아침독서 추천도서
★ 제1회 자음과모음 청소년문학상 수상작 ★ 부산시 독서능력 경진대회선정도서
★ 서울시 교육청 추천도서 ★ 부천시 올해의 책 선정 ★ 제천시 올해의 책 선정

시간의 양면성을 재미있게 엮어낸 성장 소설. 온조는 인터넷 카페에 '시간을 파는 상점'을 오픈해 자신의 시간으로 손님들의 어려운 일을 대신 해준다. 옆 반에서 일어난 PMP 분실 사건을 시작으로 상점을 통해 의뢰 받은 각각의 사건들을 해결하며 온조는 우리에게 주어진 시간의 의미를 깨닫는다.

그놈 | 박선희 장편소설

세상과 불화하고 제어할 수 없는 충동과 반항심에 시달리는 열일곱 살 독고단의 내면 풍경을 다뤘다. 주위 사람들을 몬스터라고 부르며 외로움과 분노를 자기 안의 '그놈'에게로 돌리는 독고단. 언제나 혼란스럽지만, 오늘 하루를 살아갈 희망을 놓지 않는다. 감각적인 문장과 독특한 유머 감각이 살아 있는 매력적인 작품이다.

악마의 비타민 | 양호문 장편소설

2년 전 중학생이던 성혁의 아들은 이태균의 폭력 때문에 자살하고 만다. 고등학생이 되어서도 여전히 폭행과 협박 등을 서슴지 않는 악마 이태균. 성혁은 아들을 죽음으로 몰아넣은 이태균을 납치하는데…… 실재 사건에 입각해 적나라한 학교 폭력의 실상과 그에 따른 비극적 결말을 그린 소설이다.

고물섬 | 이은 장편소설 ★ 한국아동문학인협회·어린이책예술센터 우수추천도서

반듯한 도심 한 모퉁이에 섬처럼 떠 있는 고물상, 신기루처럼 남아 있는 그곳에 그리움과 희망이 피어난다. 입양과 파양의 가족사로 단절된 관계의 골은 깊어지지만, 주인공 이영래는 스스로를 울타리 속에 가두고 원망만 하면서 살아온 자신의 모습을 직시하게 된다.

제2우주 | 선자은 장편소설

다른 시공간으로 떨어진 중학생 '우주'. 돌아가신 엄마가 살아 있고, 잘생긴 남자 친구는 친구의 남자 친구가 되어 있다. 지금과는 다른 삶의 모습, 새로운 결핍과 충족이 주는 깨달음 속에서 주인공은 현실의 삶에 대해 다시 생각해볼 기회를 만난다. 그런 선택을 하지 않았다면 달라질 수 있었을까?

영우한테 잘해줘 | 박영란 장편소설

나는 공부 좀 한다는 아이들이 모여드는 학원가에서 녀석을 만나 친구가 된다. 학원가를 떠들썩하게 만든 그 사건을 겪으며 우리는 각자의 진로를 결정하고 살아가지만 어느날 녀석에게 문자를 받는다. 영우가 누군지 아무리 생각해도 알 수 없다. 녀석이 끊어내려고 했던 것은 뭘까? 그것은 아무런 전망도 없이 오직 익숙해져야만 하는 하나의 세계였다.

고수 | 김수경 장편소설 ★ 문학나눔 우수문학도서

마로니에의 영웅과 길거리 아이들이 진정한 스트리트 파이터가 되기 위해
진짜 싸움을 시작한다. 아버지의 폭력에서 벗어나 노숙을 하는 고수는 불 같
은 싸움에 쫓겨 눈 덮인 지리산에 갇히고, 그곳에서 얼음과 불의 나라 툰드
라에서 온 샤먼 할멈을 만나 살아남는 법을 배운다.

Mr. 박을 찾아주세요 | 박현숙 장편소설

고등학교 때 필리핀 어학연수를 와서 클럽에서 엄마를 만나고 일주일 만에
자신을 만든 아버지를 찾아 리바이는 한국으로 왔다. 모범생인 학교 친구 강
파랑 역시 미혼모에게서 태어나 외할머니 품에 자랐지만 이제 자신의 아버
지를 찾아야 하는 형편. 어른들을 이해하려 하고, 스스로 책임지는 삶을 살
려는 두 아이들의 가슴 따뜻한 선택.

굿바이 관타나모 | 안나 페레라 장편소설
★ 코스타 북 어워드 최종후보작

평범한 십대 소년 칼리드가 관타나모 수용소에서 겪은 잔혹한 시간의 기록.
영국에서 태어나 자란 아랍계 소년 칼리드는 파키스탄에 갔다가 테러범의
누명을 쓰고 수용소에서 고문과 학대에 시달린다. 십대 소년 칼리드를 통해
인종 편견과 인권 침해의 실상이 드러난다.

특별한 배달 | 김선영 장편소설 ★ 아침독서추천

제1회 자음과모음 청소년문학상을 수상한 김선영 작가의 『시간을 파는 상
점』 후속작. 잉여인간이 되겠다는 태봉과 파양의 두려움을 안고 사는 슬아
는 평행 이론의 웜홀을 통과하며 지금 자신들에게 주어진 현실의 진실을 알
게 된다. 선택과 책임 그리고 운명에 관한 이야기.

하늘로 날아간 집오리 | 이상권 소설집
★ 책따세 권장도서
★ 문화체육관광부 우수도서
★ 환경부 올해의 우수환경도서 외 다수 기관 권장도서 선정

동심의 눈으로 건강하게 풀어낸 한국의 『시튼 동물기』. 인간과 자연을 이분
법적 구도로 두지 않으면서도 순수한 동심의 눈으로 동물을 그려냈다. 여섯
편의 이야기를 통해 자연의 강인한 생명력을 이야기한다.

고양이가 기른 다람쥐 | 이상권 소설집
★ 「고양이가 기른 다람쥐」 중학교 국어교과서 수록

인간과 자연이 그리는 거대한 동심원과 그 연결고리를 보여주는 소설집으
로 총 네 편의 중단편 소설을 묶었다. 돼지, 닭, 다람쥐, 소처럼 인간과 가까
이에서 살아온 동물을 등장시켜 조류독감, 구제역 등으로 상징되는 생태문
제를 건드린다.

달려라, 돌콩

© 홍종의, 2013

초판 1쇄 발행일 | 2013년 4월 10일
초판 4쇄 발행일 | 2015년 7월 29일

지은이 | 홍종의
펴낸이 | 황광수
편 집 | 사태희 윤민혜
마케팅 | 이대호 최금순 최형연 한승훈
홍 보 | 김상혁

펴낸곳 | (주)자음과모음
출판등록 | 2001년 11월 28일 제313-2001-259호
주 소 | 121-897 서울시 마포구 성지길 54
전 화 | 편집부 (02)324-2347, 경영지원부 (02)325-6047
팩 스 | 편집부 (02)324-2348, 경영지원부 (02)2648-1311
이메일 | jamoteen@jamobook.com
독자카페 | cafe.naver.com/jamoedu

ISBN 978-89-544-2989-4 (43810)